Lebenslauf und Bewerbung

Hans Friedrich

LEBENSLAUF UND BEWERBUNG

FALKEN
TaschenBuch

Im FALKEN Verlag sind zahlreiche Titel zum Thema „Bewerbung" erschienen.
Bitte fragen Sie in Ihrer Buchhandlung.

Unser Beitrag zum Umweltschutz:
Papier aus chlorfrei gebleichtem Zellstoff

Die Deutsche Bibliothek – CIP-Einheitsaufnahme

Friedrich, Hans:
Lebenslauf und Bewerbung / Hans Friedrich. –
Niedernhausen/Ts. : FALKEN TaschenBuch Verl., 1995
(FALKEN Taschenbuch)
ISBN 3-635-60007-5

Oktober 1995
ISBN 3 635 60007 5

Umschlaggestaltung: Zembsch' Werkstatt, München
Redaktion: Christiane Rückel
Herstellung: Michael Greiss
Titelbild: Image Bank, München/Kaz Mori
Zeichnungen: Peter Nieländer, Lüdinghausen
Satz: Competext, Heidenrod
Druck: Paderborner Druck Centrum

817 2635 4453 6271

Inhalt

Sich bewerben heißt für sich werben

Wer wirbt, will beim Empfänger seiner Werbebotschaft Erfolg haben. Das gilt bei der Werbung für Dienstleistungen aller Art ebenso wie bei der Werbung für die eigene Person. Da die meisten jedoch Selbstwerbung nie gelernt haben, fällt sie ihnen besonders schwer. Wer möchte sich schließlich so anpreisen wie ein Waschmittel oder einen Pkw? Solch aufdringliche Werbung ist für die eigene Person keineswegs angebracht. Aber auch das Werben in leiseren Tönen in eigener Sache liegt den meisten nicht. Dennoch kann hierauf nicht verzichten, wer sich erfolgreich bewerben will.

Wer sich nicht selbst direkt sehr stark loben will, kann dies indirekt tun. Er zitiert das Urteil anderer über sich und kann zum Beispiel auf die Beurteilung in einem guten Zeugnis hinweisen: „Im Zeugnis der Firma ... finden Sie eine gute Beschreibung meiner Leistungen und Stärken. Besonders wichtig für Sie dürfte sein, daß ich ..." Er kann auch die Meinung oder die Aussagen anderer über sich wiedergeben: „Meine Kollegen behaupten von mir, ich sei sehr teamorientiert und man könne sehr gut mit mir zusammenarbeiten." Oder: „Meine Vorgesetzten schätzen an mir meinen Ideenreichtum und meinen überdurchschnittlichen Arbeitseinsatz."

Die Werbung sollte dem angemessen sein, wofür geworben wird. Vor allem aber sollte sie sich an den Wünschen und Interessen derjenigen orientieren, die von der Werbung angesprochen werden sollen. Bei einer Bewerbung sind dies der Firmeninhaber selbst oder der zukünftige Vorgesetzte, der Personalchef oder seine Mitarbeiter. Diese wünschen in erster Linie Informationen, die ihnen die Entscheidung für oder gegen den Bewerber erleichtern. Außerdem möchten sie einen Nutzen erkennen, den ihnen der Bewerber bietet. Wenn es genug Bewerber gibt, reicht als Nutzen nicht aus, daß Sie bereit sind, eine freie Stelle zu besetzen. Sie müssen zumindest die Anforderungen an Kenntnisse und Fähigkeiten erfüllen, welche die angebotene Stelle verlangt. Außerdem sollten Sie die

Bereitschaft zu persönlichem Einsatz erkennen lassen. Wenn Sie schließlich noch einen zusätzlichen Nutzen anbieten können, haben Sie gegenüber Ihren Mitbewerbern bessere Chancen. Ein zusätzlicher Nutzen könnte zum Beispiel sein, wenn Sie als kaufmännischer Sachbearbeiter die Ausbildereignung haben oder wenn Sie als Korrespondent in der Lage sind, auch Geschäftskorrespondenz in einer Fremdsprache zu diktieren.
Gestalten Sie Ihre Bewerbung „leserorientiert". Das beginnt mit einer ansprechenden äußeren Form: Alle von Ihnen verfaßten Schriftstücke (Bewerbungsschreiben, Lebenslauf, beruflicher Werdegang) sollten sauber, übersichtlich und gut lesbar sein. Das erleichtert dem Stellenanbieter die Auswertung der Bewerbungsunterlagen.
Vernachlässigen Sie über einer ansprechenden Form jedoch den Inhalt nicht. In erster Linie interessiert es den Leser nämlich, ob der Verfasser der Bewerbung für ihn der bestgeeignete zukünftige Mitarbeiter ist. Deshalb sucht er in den Bewerbungsunterlagen Hinweise über die fachliche und menschliche Eignung des Bewerbers. Je informativer und aussagefähiger die Unterlagen sind, desto besser fühlt der Leser seine Interessen berücksichtigt.
Leserorientiert zu schreiben bedeutet auch, sich an der Sprech- und Denkweise und am Niveau des Lesers zu orientieren. Dies ist oft recht schwierig, wenn Sie den Empfänger nicht kennen. Gewisse Anhaltspunkte bieten Ihnen aber der Text der Stellenanzeige, bestimmte Branchengepflogenheiten oder die Bedeutung der ausgeschriebenen Stelle.
Leserorientierung können Sie auch durch die Verwendung des „Sie-Stils" betonen. Schreiben Sie zum Beispiel: „Sie suchen eine Mitarbeiterin, die ..." anstatt: „Ich suche eine Stelle als ..." Wenn Sie im „Sie-Stil" schreiben, stellen Sie den Empfänger Ihres Schreibens in den Mittelpunkt Ihrer Aussagen. Er fühlt sich ernst genommen und bestätigt. Sie signalisieren ihm damit, daß Sie in seinem Sinne denken (und vielleicht auch handeln werden).
Klare Informationen und das Aufzeigen von Vorteilen für den Stelleninhaber versprechen auf jeden Fall mehr Erfolg als ausgefallene und geistreiche Formulierungen und Gedankengänge oder erkennbare Übertreibungen. Für eine gute Bewerbung gilt also:

- Sie muß den Leser ansprechen,
- sie muß sein Interesse wecken,

- sie muß ihm Vorteile und Nutzen versprechen,
- sie muß die Vorzüge des Bewerbers herausstellen,
- sie muß wahr sein.

Gründe für einen Stellenwechsel

Für einen Stellenwechsel gibt es viele Gründe. Manche liegen mehr in Ihrer Person, sind von Ihnen gewollt und daher stärker durch Sie beeinflußbar. So haben Sie im Idealfall genaue Vorstellungen, was Sie beruflich (Aufgabe, Position, Gehalt) bis wann erreicht haben wollen, und Sie haben Ihre Wunschvorstellungen in einen konkreten Entwicklungs- und Karriereplan umgesetzt. Sie brauchen dann nur noch das bisher Erreichte mit Ihrer Planung zu vergleichen, um zu entscheiden, ob Sie in der alten Stelle bleiben oder ob Sie die Firma wechseln wollen. Vielleicht sind Sie auch mit Ihrer Position durchaus zufrieden. Sie haben jedoch das Gefühl, in Routine zu erstarren. Bevor Sie „ausbrennen" und in Ihrer Tätigkeit keinen Sinn mehr sehen, suchen Sie eine neue Herausforderung.
Andere Gründe liegen teils bei Ihnen und zum Teil in Ihrem Umfeld. Es gefällt Ihnen in Ihrer derzeitigen Stelle nicht mehr, Sie haben vielleicht Ärger oder Probleme mit Ihrem Chef oder mit Ihren Kollegen, das Betriebsklima oder der Führungsstil sind schlecht, oder Sie können die Unternehmenspolitik (Umweltbelastung, dubiose Geschäfte u.ä.) nicht mehr mittragen.
Liegen die Gründe eher im zwischenmenschlichen Bereich, sollten Sie zunächst möglichst objektiv prüfen, wieweit die Schwierigkeiten mit an Ihnen liegen. Wer häufig Probleme im Umgang mit anderen Menschen hat, tauscht durch einen Stellenwechsel nur alte Schwierigkeiten gegen neue ein.
Nicht selten zwingen aber auch äußere Anlässe, wie beispielsweise wirtschaftliche Verhältnisse, zu einem Stellenwechsel. Wer bereits arbeitslos ist oder wem eine Entlassung droht, muß sich eine neue Stelle suchen. Dies ist jedoch ein sehr ungünstiger Zeitpunkt für Bewerbungen, weil der Bewerber unter erheblichem Druck steht und deshalb meist nicht wählerisch sein kann.

Empfehlenswert ist es deshalb, einen Stellenwechsel rechtzeitig zu planen. Wenn sich deutliche Anzeichen wirtschaftlicher Schwierigkeiten im eigenen Unternehmen oder in der Branche zeigen, wird es Zeit zum Umsteigen.
Warten Sie deshalb lieber nicht bis zum letzten Moment, sondern schauen Sie sich rechtzeitig nach Alternativen um! Je mehr Zeit Sie für Bewerbungen haben, desto besser. Dann können Sie ruhig und locker eine neue Stelle suchen.

Wann ist es Zeit für einen Stellenwechsel?

Für einen Stellenwechsel gibt es eine ganze Reihe von Gründen. Der *Zeitpunkt* ist gekommen,

- wenn aufgrund der persönlichen Karriereplanung der nächste Karriereschritt fällig ist und im alten Unternehmen keine geeignete Stelle angeboten wird;
- wenn Sie eine neue Herausforderung suchen;
- bevor Sie in der alten Stelle „ausbrennen";
- wenn Sie sich im alten Umfeld nicht mehr wohl fühlen und einen „Tapetenwechsel" brauchen;
- bevor Ihre Kinder schulpflichtig werden (um einen Wechsel während der Schulzeit zu vermeiden) oder wenn die Kinder die Schule verlassen haben;
- wenn die wirtschaftlichen Zeichen in Ihrem Unternehmen oder in der Branche schlecht stehen;
- wenn Ihnen eine Kündigung oder Arbeitslosigkeit droht oder wenn Sie sogar schon arbeitslos sind.

In den meisten Fällen können Sie den Zeitpunkt für einen Stellenwechsel selbst bestimmen. Sorgen Sie dafür, daß auf einem so wichtigen Feld wie Ihrer beruflichen Entwicklung die Initiative nach Möglichkeit immer von Ihnen ausgeht. Dann haben Sie genügend Zeit, in Ruhe interessante Stellenangebote auszuwählen und sich ohne Druck zu bewerben. Wird Ihnen jedoch – aus welchen Gründen auch immer – gekündigt, müssen

Sie spätestens ab diesem Zeitpunkt selbst aktiv werden und die Initiative ergreifen.
Der richtige Zeitpunkt ist auch unter strategischen und taktischen Überlegungen zu bestimmen. So gilt – je nach Tätigkeit und Aufgabengebiet – eine Faustregel, daß ein Mitarbeiter nach 3-5 Jahren eine neue Aufgabe übernehmen und damit neue Herausforderungen annehmen sollte. Dafür spricht, daß ein Mitarbeiter eine gewisse Einarbeitungs- und Eingewöhnungszeit braucht und häufig erst nach einem Jahr oder noch später volle Leistung bringt. In der Folgezeit profitieren das Unternehmen und der Mitarbeiter von der wachsenden Berufserfahrung und Routine. Bevor jedoch „blinde Routine" einsetzt, wird es Zeit, die Stelle zu wechseln. Ist dies innerbetrieblich nicht möglich, wird aus dem Stellenwechsel zugleich auch ein Firmenwechsel.
Wenn mit dem Stellenwechsel auch ein Wohnsitzwechsel verbunden ist, sollten Sie den Zeitpunkt ebenfalls planen. So ist es sinnvoll zu wechseln, bevor die Kinder eingeschult werden oder bevor sie auf eine weiterführende Schule wechseln. Ein Wechsel während bestimmter Schulabschnitte wirkt sich in der Regel negativ auf die schulischen Leistungen und Ergebnisse aus.
Auch wer den Kauf oder Bau eines Eigenheims plant, sollte die berufliche Situation mit bedenken, denn Wohn- und Arbeitsort sollten nicht zu weit auseinanderliegen. Deshalb kann auch hier ein vorheriger Wechsel (mit der Absicht einer Dauerstellung) sinnvoll sein.
Schließlich ergibt sich manchmal noch ein (letzter) Wechselzeitpunkt, wenn die Kinder die Schulzeit hinter sich haben, selbst eine Berufsausbildung oder ein Studium aufgenommen haben und „aus dem Hause sind".
In wirtschaftlich schwierigen Zeiten den richtigen Zeitpunkt für einen Stellenwechsel abzupassen ist häufig problematisch, aber besonders wichtig. Soll ein Mitarbeiter warten, bis ihm das Unternehmen wegen Arbeitsmangel, Rationalisierungsmaßnahmen oder Betriebsstillegung kündigt, oder soll er lieber rechtzeitig „abspringen"? Soll er bereits bei ersten erkennbaren Krisenzeichen seine Chancen in einem wirtschaftlich besser fundierten Unternehmen suchen, oder soll er gerade jetzt treu zu seinem Unternehmen stehen und helfen, „die Karre wieder flottzumachen"? – Diese Frage stellt sich vor allem für Führungskräfte, Spezialisten

und Fachkräfte, auf die das Unternehmen in Krisenzeiten besonders angewiesen ist.
In einer solchen Situation hilft am ehesten eine Abwägung aller Interessen und sämtlicher Risiken, die richtige Entscheidung zu treffen. So sollten Sie beispielsweise folgende Überlegungen anstellen:

- Befindet sich das Unternehmen nur in vorübergehenden Schwierigkeiten, aus denen es in absehbarer Zeit aus eigener Kraft wieder herauskommt, oder treibt es erkennbar in hohe Verluste und in eine wirtschaftliche Krise?
- Was werden die Folgen sein: die gezielte Entlassung einzelner Mitarbeiter oder Massenentlassungen, (Teil-)Stillegungen, die Übernahme durch potente Konkurrenten, Vergleich oder Konkurs?
- Wie sind meine Chancen in den verschiedenen Situationen: Gehöre ich zu den Unentbehrlichen, die das Unternehmen auf jeden Fall behalten möchte, oder zu den Mitarbeitern, von denen sich das Unternehmen zuerst trennen wird?
- Falls es zu betriebsbedingten Kündigungen kommen sollte: Falle ich unter die durch Gesetz oder Betriebsvereinbarungen geschützten Mitarbeiter (lange Betriebszugehörigkeit, höheres Lebensalter, unversorgte Kinder), das heißt, habe ich bei einer „sozialen Auswahl" eine hohe Punktzahl und daher einen besseren Kündigungsschutz? Oder gehöre ich zu den jüngeren Mitarbeitern mit kurzer Betriebszugehörigkeit, die es zuerst „erwischt"?
- Welche Sicherheiten gebe ich im alten Unternehmen auf (zum Beispiel bei einer „sozialen Auswahl"), und welche Risiken gehe ich im neuen Unternehmen ein, falls dieses auch in wirtschaftliche Schwierigkeiten geraten sollte? – Sollten auch dort Entlassungen erforderlich werden, trifft es in der Regel die zuletzt Eingetretenen (last in – first out!).

In vielen Fällen geben die Risikobereitschaft oder die innere Einstellung und das Verantwortungsgefühl (Ich kann das Unternehmen jetzt nicht im Stich lassen!) den Ausschlag für ein Verbleiben „bis zum bitteren Ende" oder einen rechtzeitigen Wechsel. Auch die betriebliche Position spielt eine gewisse Rolle.
Jeder Mitarbeiter hat aber auch eine Verantwortung gegenüber sich selbst und vor allem gegenüber seiner Familie. Es gehört schon eine

besondere Portion Selbstlosigkeit dazu, die Interessen des Unternehmens über die eigenen zu stellen. Schließlich lehrt die Erfahrung, daß die Unternehmen im Falle wirtschaftlicher Schwierigkeiten sich den „wirtschaftlichen Zwängen" beugen. Das heißt in der Regel, sich von den Mitarbeitern zu trennen.

Sind Sie wechselbereit?

Wenn Sie mit ihrer derzeitigen Aufgabe, mit Ihrer Bezahlung, mit Ihrem Arbeitsumfeld (Kollegen, Vorgesetzte, Geschäftspartner) und dem Unternehmen rundum zufrieden sind und wenn sich an diesem Zustand in absehbarer Zeit vermutlich nichts ändern wird, dann dürfte Ihre Wechselbereitschaft nicht allzu groß sein.
Anders sieht es aus, wenn Ihre Aufgabe Sie nicht befriedigt, Ihre Bezahlung Ihren Leistungen oder Wünschen nicht gerecht wird, das Arbeitsumfeld eher unerfreulich ist und das Unternehmen nicht Ihren Vorstellungen entspricht. Dann dürfte in Ihnen der Wunsch zum Wechseln wachsen.
Ebenfalls wechselbereit sollten Sie sein, wenn Sie – entsprechend Ihrer Karriereplanung – die vorgesehene nächste Stufe ihrer Karriere erklimmen müßten und dies beim derzeitigen Arbeitgeber nicht möglich ist. Auch wenn Sie eine neue berufliche Herausforderung suchen und Ihnen Ihr Arbeitgeber diese nicht bieten kann oder will, kann dies ein Grund für einen Wechsel sein. Bevor Sie in Routine erstarren oder „ausbrennen" und Anzeichen des berühmten „Burn-out-Syndroms" an sich entdecken, heißt die Lösung: Neuer Schwung durch Wechsel!
Neben diesen Gründen gibt es eine Reihe von Fällen, in denen Sie – mehr oder weniger nachdrücklich – von anderen zum Wechseln gezwungen werden. Hierzu zählen Kündigung durch den Arbeitgeber aus persönlichen Gründen (Leistung oder Verhalten) oder aus betrieblichen Gründen (Rationalisierung, Auftragsmangel, Betriebsstillegung u.a.). Spätestens wenn Sie das Kündigungsschreiben in der Hand halten, ist ein Wechsel unvermeidbar. Jetzt ist es allerdings für einen strategisch geplanten Wechsel meist zu spät. Die Frist zwischen Erhalt der Kündigung und Austrittstermin reicht in der Regel kaum für eine erfolgeiche Stellensuche.

Deshalb sollten Sie Ihre eigene Entwicklung und die Situation des Unternehmens genau beobachten. Bauen Sie ein „Frühwarnsystem" auf, und kommen Sie einer Kündigung durch den Arbeitgeber zuvor, indem Sie rechtzeitig und in Ruhe eine neue Stelle suchen.

Standortbestimmung: Wo stehe ich zur Zeit beruflich?

Die folgende Checkliste soll Ihnen helfen, Ihre Bereitschaft oder aber die Notwendigkeit zum Wechseln abzuschätzen.

- Habe ich meinen beruflichen Weg geplant? Welches berufliche Ziel habe ich mir gesetzt? (Siehe unten S. 17)
- Habe ich mein berufliches Ziel (nächste Stufe, Endstufe) erreicht? Wenn ja, zur Zeit nichts unternehmen; wenn nein:
- Kann ich dieses bei meinem derzeitigen Arbeitgeber in der vorgesehenen Zeit erreichen? Hierzu ist zu klären:
  - Reicht meine berufliche Qualifikation? Wenn nein: Weiterbilden!
  - Habe ich Zusagen (meines Vorgesetzten, des Unternehmens) für weitere Förderung und Entwicklung? (Eventuell Gespräche führen.)
  - Wer sind meine Konkurrenten/Mitbewerber? Welche Chancen habe ich ihnen gegenüber?
  - Kann ich mich in der derzeitigen Abteilung verbessern, oder muß ich innerbetrieblich wechseln?
  - Gibt es in meinem Unternehmen ein Nachwuchsförderprogramm, und gilt der Grundsatz: „Aufstieg vor Einstieg"?
  - Bin ich in einem Förderprogramm?
  - Welche Entwicklungschancen hat mein direkter Vorgesetzter? (Ist er jünger als ich? Kann ich auf seinen Platz nur nachrücken, wenn er aufsteigt oder wechselt?)

Sollten im eigenen Unternehmen keine oder nur geringe Entwicklungs- und Aufstiegschancen bestehen (oder sind die wirtschaftlichen Aussichten des Unternehmens schlecht), ist es Zeit, sich auf dem Arbeitsmarkt nach interessanten Angeboten umzusehen. Auch hierzu einige Überlegungen:

- Wieviel Zeit habe ich für die Suche einer neuen Stelle?
- Welche Risiken will ich eingehen? (Ortswechsel, Wechsel der Branche, Wechsel des Aufgabengebiets, höhere Anforderungen)
- Wie günstig ist die Zeit für einen Wechsel? (große Nachfrage nach Arbeitskräften, großes Angebot von Arbeitskräften; Hochkonjunktur, Stagnation, Rezession)
- Welchen „Preis" will ich für meine Laufbahn „bezahlen"? (Aufstieg bedeutet in der Regel auch höhere Verantwortung, höheres Risiko, mehr Arbeit, weniger Freizeit.)
- Wie steht mein Partner/meine Familie zu meinen Wechselabsichten? (Wird sie mich unterstützen; mit umziehen mit allen Folgen wie zum Beispiel Aufgabe des Freundeskreises, neue Wohnung, Schulwechsel u.a.?)

Definieren Sie Ihr Ziel

Je genauer Sie Ihre Ziele definieren, desto größer ist die Wahrscheinlichkeit, daß Ihre Bewerbung und Ihr Stellenwechsel von Erfolg gekrönt sein werden. Zumindest aber können Sie vergebliche Bewerbungen und damit Mißerfolge verringern. Außerdem sparen Sie viel Zeit und Geld und ersparen sich überflüssige Enttäuschungen. Klare Ziele erlauben Ihnen gezielte Bewerbungen. Bei der Zieldefinition formulieren Sie zunächst ein *Grobziel.* Grobziele können beispielsweise so lauten: Ich will die nächste Stufe meiner geplanten Karriere erreichen. (Das setzt einen Karriereplan voraus.) Ich will (im Laufe des nächsten Jahres) die Position eines ... erreichen. Ich will einer wahrscheinlichen Entlassung wegen Einsparungsmaßnahmen zuvorkommen und deshalb zu einem weniger konjunkturanfälligen (wirtschaftlich gesünderen, erfolgreicheren, expandierenden) Unternehmen wechseln.

Solche Grobziele geben Ihnen eine erste Orientierung. Um eine erfolgreiche Bewerbungsstrategie zu entwickeln, müssen Sie das Grobziel aber noch in kleinere, speziellere *Feinziele* aufgliedern. Vor allem aber müssen

Sie die Ziele so exakt formulieren, daß Sie nach diesen handeln und die Ergebnisse kontrollieren können.

Die Feinziele könnten am Beispiel einer Verkäuferin für Damenoberbekleidung so lauten: Ich will im Laufe dieses Jahres Erstverkäuferin werden. (Dieses Ziel setzt Sie unter Zeit- und Handlungsdruck.) Ich will diese Position in einem Fachgeschäft für Damenoberbekleidung in der gehobenen Preisklasse finden. (Mit diesem Ziel legen Sie sich im Niveau der gesuchten Stelle fest.) Ich will mindestens ... DM (Grundgehalt plus Prämie) verdienen. (Dieses Ziel ist relativ leicht zu erreichen, wenn Sie die „Marktpreise" kennen und realistische Beträge veranschlagen.) Ich will diese Position im Umkreis von ... km von meiner Wohnung finden, weil ich aus privaten Gründen den Wohnsitz nicht wechseln will. (Ein solches Ziel engt Sie unter Umständen stark ein und verwehrt Ihnen eine Vielfalt von Möglichkeiten an anderen Orten.) Ich suche eine Position im süddeutschen Raum/in einer Gegend mit hohem Freizeitwert/in der Bundesrepublik Deutschland. (Je weiter Sie den räumlichen Rahmen stecken, desto mehr Chancen haben Sie, die gewünschte Stelle zu finden.)

Die Kunst der Zieldefinition besteht darin, die Ziele so detailliert festzulegen, daß sie auf der einen Seite eine wesentliche Hilfe bei der Auswahl der Stellenangebote oder beim aktiven Ansprechen möglicher Arbeitgeber sind. Auf der anderen Seite dürfen sie nicht so sehr einengen, daß Chancen nicht erkannt oder nicht wahrgenommen werden können.

Wenn Sie in ungekündigter Stelle sind und nicht unter Zeitdruck stehen, können Sie Ihre Ziele enger fassen und anspruchsvoller sein als bei drohender oder bereits bestehender Arbeitslosigkeit, wenn Sie schnellstens eine neue Stelle finden müssen.

Nicht alle Ziele sind gleich wichtig und gewichtig. Zu den eher wichtigen Zielen (Muß-Ziele) gehören in der Regel eine bestimmte Position in einer festgelegten Berufsrichtung und ein gewisses Mindestgehalt. Ist der Bewerber örtlich gebunden, gehören auch der Arbeitsort oder eine Region zu den Muß-Kriterien.

Andere Ziele sind wünschenswert (Kann-Ziele). Zu solchen Zielen können zum Beispiel der Freizeitwert einer Stadt, Schulen und Hochschulen für die Kinder oder günstige Einkaufsmöglichkeiten gehören. Wenn sie mit der angebotenen Stelle verbunden sind, wird sie für den Bewerber um so interessanter.

Wieder andere Ziele bekommen je nach persönlicher Einstellung des Bewerbers ein unterschiedliches Gewicht. Dies sind beispielsweise der Ruf des Unternehmens oder die Art seiner Produkte und Dienstleistungen (Umweltfreundlichkeit, Gesundheitsrisiken).

Fragen zur Zieldefinition

- Was will ich in meinen Beruf (in meine Karriere) investieren (Kraft, Energie, Arbeitszeit, Freizeit)?
- An welchem Punkt meiner beruflichen Entwicklung stehe ich zur Zeit (Anfang, Aufstiegsphase, Konsolidierungsphase, Scheitelpunkt, Endstufe, Wendepunkt, Neubeginn)?
- Wo liegen meine besonderen Stärken? (Auf diesen Gebieten sollte ich die neue Stelle suchen.)
- Wo liegen meine Schwachpunkte? (Hier sollte ich nicht gerade mein Glück versuchen.)
- Wieweit habe ich bisher mein Potential genutzt, und wie will ich es in Zukunft nutzen?
- Auf wessen Kosten würde weiterer Aufstieg gehen (Gesundheit und Freizeit/Freiheit; Interessen des Partners/der Familie; Erwartungen der Freunde und Bekannten)?
- Bis wann will ich was erreicht haben?
- Welche Reserven habe ich noch?
- Wieweit bin ich bereit, meine Erwartungen oder Forderungen zurückzustecken (Position, Bezahlung, Entwicklungschancen)?
- Will oder muß ich versuchen, überhaupt eine Stelle zu finden (als Arbeitsloser, als älterer Arbeitnehmer, als Wiedereinsteiger)?
- Wie mobil bin ich (ortsgebunden, an eine bestimmte Gegend/Region gebunden oder völlig mobil)?
- Bin ich ein Spezialist oder Generalist (einseitig oder vielseitig einsetzbar)?
- Welchen Nutzen kann ich einem künftigen Arbeitgeber bieten (welchen Zusatznutzen)?

Anforderungskatalog für die gesuchte Stelle

Aus Ihrer Zieldefinition entwickeln Sie einen Katalog der Anforderungen, die Sie an einen neuen Arbeitsplatz stellen. Nehmen Sie alle Kriterien auf,

die Ihnen für Ihren künftigen Arbeitsplatz wichtig erscheinen. Ein solcher Anforderungskatalog hilft Ihnen, die interessanten oder die überhaupt in Frage kommenden Stellenangebote zu finden.
Die Anforderungskriterien ermitteln Sie nach Ihren eigenen Wunsch- und Wertvorstellungen, zum Beispiel: bestimmte Tätigkeit, Aufgabe, Position, hierarchische Einstufung der Stelle, Vollmachten, Mindestgehalt, sonstige Nebenleistungen, Altersversorgung, persönliche Entwicklung, Sicherheit des Arbeitsplatzes, frühester Eintrittstermin, Arbeitsort und sonstige Bedingungen des Wohnsitzes usw.
Für ein späteres Vorstellungsgespräch können Sie den Anforderungskatalog noch ergänzen, beispielsweise um den persönlichen Eindruck von den Gesprächspartnern, Arbeitsatmosphäre, Ausstattung des Arbeitsplatzes, Art und Verhalten der Kollegen, Eindruck vom Arbeitsort/Wohnort, Freizeitwert des Wohnortes, Lage am Wohnungsmarkt, Schulen, kulturelles Angebot usw.
Aus diesem Anforderungskatalog können Sie für die Auswertung der Stellenanzeigen eine Auswertungstabelle entwickeln und diese nach Ihrem persönlichen Bedarf kürzen oder noch erweitern.
Um die Auswertung zu erleichtern (vor allem beim Vergleich mehrerer Angebote), können Sie die einzelnen Kriterien gewichten, beispielsweise:

0 = trifft nicht zu
1 = trifft nur bedingt zu
2 = trifft zu
3 = hervorragend erfüllt

Wenn Sie die Punktwerte für die einzelnen Kriterien addieren, können Sie recht einfach das insgesamt günstigste Angebot ermitteln.

Analysieren Sie die Stellenangebote

Die Analyse der Stellenangebote erfolgt zweckmäßigerweise in mehreren Schritten:
1. Sie wählen die richtige Zeitung. Für Stellenangebote im Tarifbereich ist dies in der Regel die örtliche Tageszeitung – insbesondere, wenn Sie nicht

Auswertungstabelle für Stellenanzeigen

Auswertungskriterien	eigene Zielvorstellung	Angebot		
		Fa. A	B	C
Bezeichnung der Stelle				
Hierarchische Einstufung				
Branche				
Arbeitsort				
Firmengröße				
Image der Firma				
Gesellschaftsform				
Gehalt				
Zusätzliche Leistungen				
Altersversorgung				
Aufstiegsmöglichkeiten				
Arbeitsplatzsicherheit				
Arbeitsantritt am ...				
Sonstige Kriterien				

umziehen wollen. Für Stellen im außertariflichen und im Führungsbereich sind es die regionalen und überregionalen Tageszeitungen. Für Spezialisten kommen auch einschlägige Fachzeitschriften in Frage.

2. Sie lesen den Stellenteil und kennzeichnen alle Anzeigen, die „auf den ersten Blick" – verglichen mit Ihrem Anforderungsprofil – interessant erscheinen.

3. Sie prüfen, inwieweit die ausgewählten Anzeigen tatsächlich Ihren Vorstellungen entsprechen. Dabei übertragen Sie alle relevanten Informationen in den Anforderungskatalog. Dadurch stellen Sie sicher, daß Sie auf alle für Sie wichtigen Informationen achten. Stellen Sie bei dieser Auswertung fest, daß entscheidend wichtige Punkte fehlen oder nicht Ihren Vorstellungen entsprechen, dann scheidet dieses Angebot aus.

4. Die verbleibenden Stellenangebote analysieren Sie noch einmal aus der Sicht des Stellenanbieters. Je genauer Sie erkennen, wo dessen Interessen und Wünsche liegen, desto gezielter können Sie in Ihrer Bewerbung auf seine Vorstellungen eingehen. Das erhöht die Erfolgsaussichten Ihrer Bewerbung erheblich.

5. Sie fertigen stichwortartig eine Gliederung des Bewerbungsschreibens an und notieren zu den einzelnen Punkten die Angaben aus der Anzeige, auf die Sie eingehen wollen. So stellen Sie sicher, daß Sie keine wichtigen Gesichtspunkte vergessen, vor allem aber, daß Sie tatsächlich auf die Wünsche des Stellenanbieters eingehen.

Bewerbung in wirtschaftlich schwierigen Zeiten

Zeiten mit hoher Arbeitslosigkeit und zahlreichen Bewerbern sind ungünstig für Stellensuchende. Auf die wenigen interessanten Stellenangebote bewirbt sich meist ein Heer von Interessierten. Die Stellenanbieter können wählerisch sein. Sie sortieren aus den Bewerbungen nur die bestgeeigneten aus und laden lediglich die Spitzenkandidaten zu einem Vorstellungsgespräch ein. Wer nur ein durchschnittliches Angebot macht, bleibt bereits in der Vorauswahl auf der Strecke. Deshalb ist es gerade in wirtschaftlich schwierigen Zeiten besonders wichtig, sich gezielt zu bewerben und sich bereits mit der schriftlichen Bewerbung positiv von seinen Mitbewerbern zu unterscheiden.

Positiv können Sie sich zum Beispiel bereits dadurch unterscheiden, daß Sie auf die Wünsche und Interessen des Stellenanbieters eingehen und im „Sie-Stil" schreiben: „Sie suchen ..., Sie wünschen ..." Wenn Sie sich in die Lage des Stellenanbieters versetzen, gelingt es Ihnen eher, Ihr Bewerbungsschreiben empfängerorientiert zu schreiben. Das hat den psychologischen Vorteil, daß sich der Leser direkt angesprochen und wichtig genommen fühlt.

Sie können die direkte Ansprache des Stellenanbieters (zum Beispiel „Sie suchen für die Leitung Ihrer Filiale in Adorf einen erfahrenen Lebensmittelfachmann, der ...") in der Wirkung noch verstärken, indem Sie manche Aussagen in eine Frage umwandeln: „Suchen Sie für die Leitung Ihrer Filiale in Adorf einen Fachmann, der ...?" Wenn Sie dann über die in der Stellenanzeige formulierten Anforderungen hinaus noch einige weitere Qualifikationen oder Fertigkeiten bieten können, sammeln Sie weitere Pluspunkte.

Wenn die Stellenanbieter an die Bewerber härtere Maßstäbe anlegen, dann sollten Sie dies auch bei sich selbst tun. Es hat wenig Sinn, wenn Sie sich um Stellen und Positionen bewerben, die Sie nicht ausfüllen können, wenn Ihnen wichtige Voraussetzungen fehlen oder wenn Sie aller Voraussicht nach doch nur zu den schwächeren Kandidaten gehören würden.

Vergebliche Bewerbungen kosten Zeit und Geld. Vor allem aber kratzt jede Ablehnung am Selbstbewußtsein und trägt zur Unsicherheit bei. Die Folgen verspüren Sie bei späteren Bewerbungen. Unsichere Bewerber büßen aber auch dort ihre Chancen ein, wo sie eigentlich Aussicht auf Erfolg gehabt hätten.

Für Stellensuchende in wirtschaftlich schwierigen Zeiten gibt es deshalb einen guten Rat: Bewerben Sie sich nur dort, wo Sie berechtigte Aussichten haben, wenigstens in die „engere Wahl" zu kommen. Verwenden Sie auf jede einzelne Bewerbung besonders viel Sorgfalt und Einfallsreichtum. Prüfen Sie die Stellenangebote und vor allem sich selbst äußerst gründlich und kritisch. Sollten Ihnen selbst Zweifel an Ihrer Eignung kommen, dann suchen Sie lieber nach Angeboten, für die Sie sich aus fester Überzeugung geeignet halten.

Halten Sie sich an den Grundsatz „Klasse statt Masse". Machen Sie es nicht wie die Bewerber, die ziemlich wahllos auf alle Stellenangebote reagieren, die nur ungefähr in ihrer beruflichen Richtung liegen. Solche „Vielfachbewerber" schicken nach dem Motto „Einmal wird es schon klappen!" an jedem Wochenende zahlreiche Bewerbungen los. Um sich die Arbeit zu erleichtern, versenden sie Einheitsbewerbungsbriefe oder sogar kopierte Anschreiben und nicht selten auch nur Kurzbewerbungen. Damit sind die Absagen und Enttäuschungen bereits vorprogrammiert. Die Personalleute sortieren solche Bewerbungen meist sofort als uninteressant oder ungeeignet aus.

Was bereits in günstigen Zeiten gilt, das sollten Sie erst recht in schwierigen Zeiten beherzigen: Aus einer ungekündigten Stellung bewirbt es sich besser! Setzen Sie sich nicht leichtfertig unter Druck, sondern suchen Sie erst in Ruhe eine neue Stelle. Wenn der neue Vertrag unterschrieben ist, haben Sie immer noch Zeit zum Kündigen. Warten Sie auch in der alten Stelle nicht, bis man Ihnen kündigt, sondern suchen Sie rechtzeitig eine neue Stelle. Die meisten Stellenanbieter bevorzugen nämlich Bewerber, die noch in einem ungekündigten Arbeitsverhältnis stehen. Wer selbst gekündigt hat, bevor er einen neuen Vertrag in der Tasche hat, gilt als leichtfertig. Wem gekündigt wurde, dem haftet auch meist ein gewisser Makel an.

Bewerbung als Arbeitsloser

Wenn Sie bereits arbeitslos sind oder wenn Arbeitslosigkeit droht, können Sie oft bei der Stellensuche nicht mehr so wählerisch sein. Wenn Sie keine längere Arbeitslosigkeit riskieren wollen, die Ihre Chancen weiter verschlechtert, müssen Sie auch mit „zweitbesten" Angeboten zufrieden sein. Dann ändert sich oft auch Ihre Zielsetzung: Anstatt einer bestimmten, möglichst günstigen Stelle oder gar eines Aufstiegs suchen Sie zunächst überhaupt einen Arbeitsplatz.

Aber auch hier gilt: Bewerben Sie sich so sorgfältig und gezielt wie möglich. Bewerben Sie sich nur um solche Stellen, in denen Sie von Ihrem bisherigen Werdegang und von Ihren Fähigkeiten her Chancen haben und die Ihnen für die Zukunft eine gewisse Sicherheit und auch Entwicklungsmöglichkeiten bieten.

Resignieren Sie nicht, und geben Sie nicht auf, wenn es mit Ihren Bewerbungen nicht auf Anhieb klappt. Für Bewerbungen braucht man grundsätzlich Geduld. Gute Fachleute und Spezialisten sind auch in wirtschaftlich schwierigen Zeiten gefragt. Gut geführte und erfolgreiche Unternehmen suchen auch dann neue Mitarbeiter, wenn andere Entlassungen vornehmen. Und selbst in weniger gutgehenden Unternehmen müssen manche ausscheidenden Mitarbeiter ersetzt werden. Darin liegt für alle qualifizierten Mitarbeiter eine Chance.

Und noch ein Trost für arbeitslose Bewerber: In wirtschaftlich schwierigen Zeiten hat Arbeitslosigkeit nicht mehr den Makel, der ihr in wirtschaftlich besseren Zeiten anhaftet. Arbeitslose Bewerber brauchen deshalb nicht „in Sack und Asche zu gehen". Sie teilen – meist unverschuldet – ihr Schicksal mit Hunderttausenden anderer Arbeitsloser.

Bei der Stellensuche aus der Arbeitslosigkeit heraus haben Sie um so bessere Chancen, je fundierter Ihre Kenntnisse und Berufserfahrungen sind. Ihre Aussichten steigen, wenn Sie flexibel (nicht auf eine bestimmte Tätigkeit oder Position festgelegt) und mobil (nicht an einen Ort gebunden) sind.

Mit höherem Lebensalter und zunehmender Dauer der Arbeitslosigkeit wird es in der Regel schwerer, eine neue Stelle zu finden. Deshalb sind bei Arbeitslosigkeit eine realistische Einschätzung der persönlichen Situation, das Setzen erreichbarer Ziele und das konsequente Verfolgen dieser Ziele ganz besonders wichtig. Je eher Sie eine neue Stelle finden, desto besser für Sie!

Einige Fragen sollen Ihnen helfen, Ihren Standort zu bestimmen. Nach dieser Analyse setzen Sie sich Ziele und leiten daraus Ihre Bewerbungsstrategie ab:

- Welches ist der tatsächliche Grund für meine Arbeitslosigkeit?
- Habe ich in meinem Alter auf meinem Fachgebiet noch Karrierechancen?
- Wo liegen meine besonderen Stärken und Fähigkeiten?
- Welche Stärken und Fähigkeiten kann ich noch ausbauen?
- Wieviel Zeit habe ich bis zur Aufnahme einer neuen Tätigkeit?
- Was kann ich Sinnvolles bis zur Aufnahme einer neuen Tätigkeit tun?
- Bin ich fähig und bereit zu einem völligen Neuanfang?
- Bin ich bereit, auch unter meinem bisherigen Niveau (Position, Gehalt, sonstige Nebenleistungen) einzusteigen?
- Wo habe ich Freunde, Förderer, Beziehungen? Wen kann ich ansprechen und um Hilfe bitten?
- Wie vielseitig bin ich einsetzbar? Bin ich Spezialist oder Generalist?
- Was wäre ich (am liebsten) geworden, wenn ich nicht meinen jetzigen Beruf ergriffen hätte? (Oft schon hat Arbeitslosigkeit zu einem beruflichen Neuanfang und damit zu einer neuen Karriere geführt.)

Bei Ihrer Selbstanalyse sollten Sie objektiv und ehrlich gegenüber sich selbst sein. Es hilft Ihnen nicht, wenn Sie sich etwas vormachen und eine Schein- oder Wunschwelt aufbauen. Ebenso falsch wäre es aber zu resignieren. Setzen Sie sich vielmehr erreichbare Ziele, und verfolgen Sie diese mit äußerster Konsequenz und Hartnäckigkeit.

So sollten Sie zum Beispiel festlegen, bis wann Sie eine neue Stelle gefunden haben wollen. Zwar haben Sie kaum Einfluß auf den tatsächlichen Zeitablauf. Sie setzen sich aber zumindest unter einen gewissen Druck und Erfolgszwang. Wichtig ist, daß Sie sofort mit Ihrer Bewerbungsaktion beginnen und keine wertvolle Zeit verstreichen lassen.

Berücksichtigen Sie, wieviel Zeit normalerweise zwischen dem Erscheinen einer Stellenanzeige, Ihrer Bewerbung und dem gesamten Auswahlverfahren bis zum Arbeitsantritt vergeht. Das sind bei Arbeitsplätzen im Tarifbereich manchmal nur einige Wochen; bei der Auswahl von qualifizierten Spezialisten und Führungskräften vergehen leicht einige Monate und mehr.

Einen erheblichen Vorteil haben Sie jedoch als Arbeitsloser. Sie sind sofort verfügbar, während Ihre Mitbewerber in ungekündigter Stellung erst nach mehr oder weniger langen Kündigungsfristen zur Verfügung stehen. Dies kann bei gleicher Qualifikation ein starker Pluspunkt für Sie sein.

Als weiteres Ziel legen Sie fest, welche Stelle Sie anstreben. Das kann eine genaue Berufs- oder Positionsbezeichnung sein (Kfz-Mechaniker, Verkäuferin Haushaltswaren, Abteilungsleiter Bilanzen o.ä.). Sie können aber auch den Rahmen weiter spannen und damit größere Wahlmöglichkeiten gewinnen (zum Beispiel Außendienstler im Markenartikelbereich, Sachbearbeiter in der Verwaltung, kaufmännischer Geschäftsführer). Noch weiter stecken Sie den Rahmen, wenn Sie nur eine bestimmte Gehaltsbandbreite oder eine Gehaltsuntergrenze oder eine Führungsebene (Führungsnachwuchskraft oder Abteilungsleiter o.ä.) festlegen.

Je weiter Sie den Rahmen stecken und je mehr Wahlmöglichkeiten Sie sich lassen, desto größer ist jedoch die Gefahr, daß Sie sich verzetteln. Wenn Sie dann beim Auswerten der Stellenanzeigen nicht strenge Maßstäbe anlegen, verschwenden Sie schließlich viel Zeit und Geld für vergebliche Bewerbungen.

Bewerbung als älterer Arbeitnehmer

Erfahrungsgemäß nehmen die Chancen älterer Mitarbeiter auf dem Arbeitsmarkt ab. Sie haben oft mit Vorurteilen zu kämpfen wie: „Ältere Mitarbeiter sind stark geprägt und daher nicht mehr flexibel. Sie sind nicht mehr lernfähig und haben Schwierigkeiten, mit dem raschen Fortschritt Schritt zu halten. Ältere Mitarbeiter sind zu teuer; jüngere leisten für weniger Geld mehr."

Viele solcher Vorurteile sind durch Untersuchungen zwar widerlegt. Aber das ändert nichts daran, daß jüngere Bewerber in der Regel älteren vorgezogen werden. Jenseits einer „magischen" Grenze, die bei Männern bei 45 und bei Frauen manchmal schon bei 40 Jahren liegt, beginnen häufig bereits die Schwierigkeiten der Bewerber. (Das sind übrigens auch die Grenzen, ab denen Mitarbeiter innerbetrieblich bereits „zum alten Eisen“ gehören und bei der Besetzung interessanter Positionen häufig übergangen werden.) Wenn Sie über der genannten Altersgrenze liegen, sollten Sie es sich gut überlegen, ob Sie Ihr Glück auf dem Stellenmarkt versuchen wollen. Bewerben Sie sich nur, wenn aus dem Anzeigentext hervorgeht, daß nicht nur Dynamik und Jugendlichkeit, sondern auch Erfahrung, Wissen, Überblick, Reife, Persönlichkeit und Gelassenheit gefragt sind, oder wenn Sie unter der angegebenen Altersgrenze liegen. Wenn Sie hingegen arbeitslos sind oder Ihnen eine Entlassung droht und Sie für einen vorgezogenen Ruhestand noch zu jung und zu aktiv sind, dann müssen Sie eine persönliche Strategie entwickeln, die Ihre Chancen auf dem Arbeitsmarkt verbessert:

Konzentrieren Sie sich auf Ihre Stärken
Überlegen Sie, auf welchen Gebieten Sie im bisherigen Berufsleben besonders erfolgreich waren und auf welchen Gebieten Sie Kenntnisse und Erfahrungen haben, die man erst in einem längeren Berufsleben gewinnt. Nur wenn Sie von Ihren Fähigkeiten und Stärken überzeugt sind, können Sie auch andere überzeugen.

Entwickeln Sie ein Konzept, das den Stellenanbietern einen besonderen Nutzen bietet
Überlegen Sie, wo die Zielgruppen, die Sie ansprechen wollen, Schwierigkeiten und Probleme haben. Überlegen Sie, wie Sie diese Schwierigkeiten lösen würden, und deuten Sie in Ihrer Bewerbung konkrete Lösungsmöglichkeiten oder Ihre bisherigen Erfolge bei der Lösung von Problemen an.

Ermitteln Sie konkrete Schwierigkeiten und Problemstellungen
Versuchen Sie herauszufinden, wo Unternehmen, bei denen Sie sich bewerben wollen, „der Schuh drückt“. Sprechen Sie in Ihrer Bewerbung diese Probleme gezielt an.

Gehen Sie neue Wege, aber bleiben Sie in der Nähe Ihrer Erfahrungen

Suchen Sie neue Aufgaben, in denen Sie Ihre speziellen Stärken nutzenbringend einsetzen können. Übertragen Sie Ihr Know-how auf andere Aufgabengebiete oder in andere Branchen, in denen Ihr Wissen noch nicht so stark Einzug gefunden hat.

Suchen Sie Ihre Chancen in mittleren und kleineren Betrieben

Bewerben Sie sich nicht in Großunternehmen, die noch dem „Jugendkult" huldigen. Solange dort noch ältere Führungskräfte und Mitarbeiter vorzeitig in den Ruhestand geschickt werden, haben Sie kaum Chancen. Außerdem laufen Sie Gefahr, in wenigen Jahren ebenfalls frühpensioniert zu werden.

Meiden Sie Branchen und Bereiche, in denen gerade Mitarbeiter freigesetzt werden

Wenn Sie die Wirtschaftsnachrichten verfolgen, wissen Sie, welche Branchen zur Zeit besonders notleidend sind. Sparen Sie sich dort die Mühe einer unaufgeforderten Bewerbung. Sollten hier überhaupt Stellen angeboten werden, dann kalkulieren Sie das Risiko ein, bei der nächsten Rationalisierungswelle zu den Entlassungskandidaten zu gehören (Last in – first out!).

Bewerben Sie sich dort, wo „die Musik spielt"

Finden Sie heraus, in welchen Branchen oder Bereichen Mitarbeiter gesucht oder zumindest nicht in großem Umfang entlassen werden (beispielsweise im stark wachsenden Sektor „Freizeit" und in den damit verbundenen Dienstleistungen wie etwa Information, Bildung, Unterhaltung, Tourismus und Sport oder in der Altenpflege, oder aber auch im Vertrieb).

In den neuen Bundesländern warten vielfältige Aufgaben

Viele jüngere Arbeitnehmer suchen ihr Glück in den alten Bundesländern. Dadurch ergeben sich für ältere Mitarbeiter Chancen in den neuen Bundesländern. Da dort Stärken gerade älterer Mitarbeiter (Erfahrung,

Geduld, Toleranz usw.) gefragt sind, sollten Sie sich bei Firmen bewerben, die in den neuen Bundesländern auf- und ausbauen.

Bewerben Sie sich „auf Verdacht"

Auf interessante Stellenangebote gehen meist zahlreiche Bewerbungen ein. Gegenüber gleichqualifizierten, jüngeren Bewerbern haben Sie die schlechteren Karten. Bewerben Sie sich lieber dann, wenn Sie keine unmittelbare Konkurrenz haben. Schreiben Sie gezielt solche Unternehmen an, von denen Sie glauben, daß man dort Mitarbeiter mit Ihrer Qualifikation brauchen könnte. Bieten Sie sich als Problemlöser an.

Bei einer Bewerbung auf Verdacht können Sie sich ausnahmsweise auch einmal mit unvollständigen Bewerbungsunterlagen bewerben, falls Sie zu diesem Zeitpunkt Ihr Alter noch nicht angeben wollen. Schreiben Sie in einem ausführlichen Bewerbungsbrief, wo Ihre Stärken liegen, mit welchen Erfahrungen und Qualifikationen Sie dienen und welche Problemlösungen Sie anbieten können. Außerdem schildern Sie Ihre derzeitige oder Ihre letzte Tätigkeit. Bitten Sie um einen Gesprächstermin, in dem Sie gern weitere Auskünfte über sich geben wollen, und bieten Sie an, dann die noch fehlenden Bewerbungsunterlagen mitzubringen. Vielleicht gehen die Empfänger Ihrer Bewerbung auf Ihren Vorschlag ein. Ihr Alter können Sie im Vorstellungsgespräch preisgeben, wenn Sie – hoffentlich – Ihre Gesprächspartner bereits für sich gewonnen haben.

Manchmal können Sie auch dadurch einen Gesprächstermin erhalten, daß Sie anbieten, an einem bestimmten Tag zu einem Gespräch zu kommen, an dem Sie angeblich gerade in der Nähe des Unternehmens zu tun haben. Manche Unternehmen sind bereit, sich einen Bewerber unverbindlich anzusehen, wenn ihnen keine Reisekosten oder Spesen entstehen. (Sie dürfen aber nachher auch keine Spesenforderungen stellen. Die Reisekosten müssen Sie schon selbst in Ihre berufliche Zukunft investieren. Außerdem können Sie das Finanzamt später an Ihren Bewerbungskosten beteiligen.)

Bewerben Sie sich nicht über die Personalabteilung

Personalleute wählen im ersten Auswahlgang oft nach äußeren Kriterien aus. Dadurch bleiben hochqualifizierte Bewerber wegen ihres „zu hohen" Alters häufig bereits an dieser Klippe hängen. Versuchen Sie deshalb, Ihre

Bewerbung direkt an die Führungskraft zu schicken, deren Probleme Sie lösen (helfen) können. Diese Fachleute sind in der Regel stärker an Problemlösungen und deshalb mehr an der Qualifikation als am Alter des Bewerbers interessiert. Sie können auch versuchen, zunächst nur den Termin für ein unverbindliches Gespräch unter Fachleuten zu erhalten. In diesem Gespräch versuchen Sie dann, Ihren Gesprächspartner von Ihren Qualitäten zu überzeugen.

Bewerben Sie sich bei Zeitarbeitsfirmen
Zeitarbeitsfirmen schauen in der Regel nicht so sehr auf das Alter ihrer Mitarbeiter. Für die Kunden der Zeitarbeitsfirmen spielt das Alter der vorübergehend eingesetzten Mitarbeiter keine entscheidende Rolle, sondern Können und Leistung zählen. Auf dem Umweg über Zeitarbeit hat aber schon mancher bei der ausleihenden Firma anschließend eine Dauerstellung gefunden.

Verlieren Sie nicht den Mut
Sie haben im bisherigen Berufsleben bewiesen, was Sie können und was Sie wert sind. Lassen Sie sich dieses Wissen nicht nehmen. Wenn Sie an sich und Ihre Fähigkeiten glauben, haben Sie auch als älterer Arbeitnehmer echte Chancen. Wenn Sie dagegen an sich selbst zweifeln und sich nichts (mehr) zutrauen, werden auch andere in Sie kein Vertrauen setzen.

Bewerbung als Teilzeitkraft

Die Bewerbung um eine Teilzeitstelle unterscheidet sich nicht von der Bewerbung von Vollzeitkräften um Vollzeitarbeitsplätze. Schwierigkeiten ergeben sich, wenn zum Beispiel eine Nachmittagsstelle angeboten und eine Vormittagsstelle gesucht wird.
Noch immer aber liegt das Angebot von Teilzeitarbeitsplätzen weit unter der Nachfrage. Wirtschaft und Verwaltung suchen nach wie vor überwiegend Vollzeitkräfte – auch für Arbeitsplätze, die sich zwei Arbeitnehmer ohne große Probleme teilen könnten (Job-sharing). Dafür gibt es einige Gründe: Die meisten Vorgesetzten finden es bequemer, mit nur einem

Mitarbeiter zusammenzuarbeiten als mit zweien Aufgaben und Abläufe abstimmen zu müssen. Außerdem kann es Probleme geben, beide Mitarbeiter stets auf dem gleichen Informationsstand zu halten. Schließlich mag es auch für Geschäftspartner und die anderen Mitarbeiter manchmal etwas lästig sein, mit wechselnden Mitarbeitern zu tun zu haben. Das alles aber sind bei etwas gutem Willen durchaus lösbare Probleme.
Wegen des geringen Angebots an Teilzeitstellen gibt es für die Nachfrager vor allem zwei „konventionelle" Möglichkeiten: Sie bewerben sich aktiv über selbst aufgegebene Anzeigen oder durch direktes Anschreiben von Firmen.
Sie können aber auch andere Wege gehen. Diese erfordern von Ihnen jedoch mehr Phantasie und Überzeugungskraft. So können Sie sich auf eine Ganztagsstelle bewerben und sich als hochqualifizierte Teilzeitkraft anbieten. Dabei erhöhen sich Ihre Chancen, wenn Sie vorschlagen können, je nach Arbeitsanfall flexibel zu reagieren, das heißt, mehr oder weniger lang zur Verfügung zu stehen. Mit diesem Angebot können Sie Glück haben, wenn Ihre Konkurrenten weniger qualifiziert sind und der Stellenanbieter froh ist, überhaupt einen geeigneten Mitarbeiter zu finden. Vielleicht sieht der Stellenanbieter gerade darin einen Vorteil, daß Sie immer dann zur Verfügung stehen, wenn die Hauptarbeitslast anfällt, und er Sie nicht zu bezahlen braucht, wenn wenig oder nichts zu tun ist.
Eine andere Möglichkeit besteht darin, daß Sie einen Partner oder eine Partnerin mit gleicher oder ergänzender Qualifikation suchen und sich als „Gespann" für eine Ganztagsstelle bewerben. Sie müssen sich nur darüber einig werden, wer von Ihnen wann arbeiten will (stets vor- oder nachmittags oder im Wechsel) und wie Sie die Abwesenheitsvertretung regeln wollen. Sie teilen damit eine Stelle im Job-sharing.
Als „Gespann" formulieren Sie ein gemeinsames Bewerbungsschreiben, in welchem Sie die besonderen Vorteile für den Arbeitgeber herausstellen. Diesem fügen Sie je einen Satz Bewerbungsunterlagen bei.

Äußere Form des Bewerbungsschreibens

Zum positiven Ansprechen des Empfängers gehört bereits das äußere Bild eines Bewerbungsschreibens. Schon der erste Eindruck kann entscheidend sein. Mit einem unsauberen, nachlässig geschriebenen und schlecht gegliederten Brief wirft sich mancher Bewerber selbst aus dem Rennen, bevor dieses richtig begonnen hat.

Denken Sie bereits beim Abfassen des Bewerbungsschreibens daran, daß Sie fast immer mit vielen Mitbewerbern um die Gunst des künftigen Arbeitgebers konkurrieren. Ihr Hauptziel muß es deshalb sein, sich von Ihren Konkurrenten günstig abzuheben. Da Ihr Bewerbungsschreiben das erste ist, was der Leser von Ihnen in die Hand nimmt, sollte er bereits jetzt einen günstigen Eindruck von Ihnen gewinnen. Sind sein Wohlwollen und sein Interesse geweckt, wird er auch die übrigen Unterlagen mit einer positiven Einstellung lesen. Damit können Sie schon frühzeitig Pluspunkte sammeln.

Für das Äußere eines guten Bewerbungsschreibens gelten die gleichen Regeln wie für andere geschäftliche Schreiben. Schreiben Sie, wenn Sie können, mit der Schreibmaschine oder mit einem Personal Computer (PC). Damit erleichtern Sie sich das Schreiben und können sich zugleich eine Zweitschrift anfertigen. Das ist wichtig, damit Sie beim Vorstellungsgespräch noch wissen, wie Sie sich angepriesen und was Sie versprochen oder behauptet haben. Vor allem aber erleichtern Sie dem Empfänger das Lesen. Wenn Sie mit der Hand schreiben, dann bemühen Sie sich um eine deutliche und lesbare Handschrift. Wer sich erst mühsam durch schlecht lesbare und kaum zu entziffernde Schreiben durcharbeiten muß, überträgt rasch seinen Ärger auf die Person des Schreibers.

Für ein auch der äußeren Form nach gutes Bewerbungsschreiben sollten Sie gutes weißes Papier verwenden; glattes Schreibmaschinenpapier genügt vollauf. Leinen, gehämmertes Papier oder gar Büttenpapier wirkt eher protzig und aufdringlich als gewinnend. Umwelt- oder Recycling-Papier ist meist etwas unansehnlich und wirkt daher bescheiden oder

sparsam, trifft aber bei umweltbewußten Empfängern durchaus auf Wohlwollen. Sie können auch Briefpapier mit Ihrer vorgedruckten Anschrift benutzen.
Sorgen Sie dafür, daß Ihre Bewerbungsunterlagen zusammenbleiben und doch leicht auszuwerten sind. Als Umhüllungen sind DIN-A4-Mappen mit Klemmechanismus besonders geeignet. Einzelne Unterlagen können leicht entnommen und wieder eingefügt werden.
Vermeiden Sie Übertreibungen. Das gilt sowohl für die Art des Briefpapiers als auch für die Schrift oder für die Unterbringung der Bewerbungsunterlagen in aufwendigen Mappen.
Verwenden Sie eine neue, stabile Briefhülle im Format DIN C4. Ihre Bewerbungsunterlagen sollten ungefaltet und gegen Knicke geschützt beim Empfänger ankommen.
Und vor allem: Frankieren Sie die Sendung ausreichend. Nichts wäre ungeschickter, als den Empfänger durch Nachporto zu verärgern.

Bewerbungsunterlagen mit dem PC schreiben

Wenn möglich, sollten Sie Ihre Bewerbungsschreiben und die Lebensläufe mit dem PC schreiben. Der PC bietet gegenüber der Schreibmaschine oder gar der Handschrift etliche Vorteile:

- Sie können so lange und ohne immer wieder neu schreiben zu müssen an Ihren Texten feilen, bis sie Ihren Vorstellungen entsprechen.
- Korrekturen sind leicht möglich.
- Sie können in kurzer Zeit viele Exemplare ausdrucken.
- Sie erhalten – vor allem bei Tintenstrahl- oder Laserdruckern – ein sehr sauberes Schriftbild.
- Sie können die Texte speichern und bei späteren Bewerbungen wieder verwenden. Häufig ist es sinnvoll, die Texte entsprechend den unterschiedlichen Stellenangeboten und -anforderungen zu variieren. Dies gilt vor allem für die Bewerbungsschreiben, manchmal auch für den Lebenslauf.
- Sie zeigen bereits durch Ihr Schreiben, daß Sie einen PC bedienen und mit einem Textprogramm umgehen können.

In der Nutzung des PC liegt aber auch die Gefahr, durch die vielfältigen Gestaltungsmöglichkeiten der Text- und Graphikprogramme des Guten zuviel zu tun. Experimente mit verschiedenen Schriftarten, -größen und Druckstärken bewirken vielleicht beim Leser eher Ablehnung als Anerkennung. Dieser interessiert sich „ohne Schnörkel" in erster Linie für die Qualifikation und den Werdegang des Bewerbers und weniger für dessen Fähigkeit, mit dem PC zu spielen.

Inhalt und Aufbau eines Bewerbungsschreibens

Anders als bei Lebensläufen gibt es für Bewerbungsschreiben keine bestimmten Regeln. Deshalb sind Sie bei der Gestaltung von Bewerbungsschreiben weitgehend frei. Wie Sie Ihr Bewerbungsschreiben aufbauen und was Sie alles hineinschreiben, hängt in erster Linie von Ihren Zielsetzungen ab. Dennoch sollten Sie sich im formalen Aufbau an die Regeln für Maschinenschreiben halten. Wenn Sie sich um eine Stelle bewerben, in der die Kenntnis und die richtige Anwendung dieser Regeln erwartet wird (wie bei Korrespondenten oder Sekretärinnen), sollte Ihr Bewerbungsschreiben bereits Ihre Könnerschaft auf diesem Gebiet erkennen lassen. Sollten Sie sich hingegen um eine Stelle bewerben, in der Korrespondierkenntnisse eine untergeordnete oder gar keine Rolle spielen, genügt ein ordentlich geschriebenes und übersichtlich gegliedertes Bewerbungsschreiben.

In manchen Fällen kann es sogar zweckmäßig sein, sich über die DIN-Regeln bewußt hinwegzusetzen. Wenn Kreativität oder unkonventionelles Verhalten gefragt sind, steigen Ihre Chancen, wenn Ihr Schreiben von der üblichen Norm abweicht.

Halten Sie sich in Rechtschreibung und Zeichensetzung an die Duden-Regeln. Vermeiden Sie Radieren, Streichen oder Verbessern. Schreiben Sie noch einmal, wenn Sie sich verschrieben haben. Gliedern Sie Ihr Schreiben in Absätze.

Sind Ihre übrigen Bewerbungsunterlagen vollständig und sehr aussagekräftig, kann es genügen, das Bewerbungsschreiben lediglich als Anschreiben zu verfassen. In diesem Falle brauchen Sie sich nur auf das Stellenangebot zu beziehen und zum Ausdruck zu bringen, daß Sie sich um die angebotene Stelle bewerben. Vielleicht bitten Sie auch noch um einen Vorstellungstermin und versprechen tatkräftige und gewissenhafte Mitarbeit.

Mehr können Sie mit Ihrem Bewerbungsschreiben jedoch erreichen, wenn Sie es zur Werbung für sich benutzen. So können Sie darlegen,

weshalb Sie für die ausgeschriebene Stelle der richtige Bewerber sind, am besten, indem Sie Ihre Entwicklung anhand einiger wichtiger Berufsstufen verdeutlichen. Diese Darstellung sollte jedoch keine Wiederholung Ihres Lebenslaufs und des beruflichen Werdegangs sein, sondern gerade die Stationen und Tätigkeiten aufzeigen, die Ihre Eignung für die angestrebte Position erkennen lassen. Fassen Sie sich bei dieser Darstellung kurz.
Ebenfalls in das Bewerbungsschreiben gehört eine Aufzählung Ihrer besonderen Kenntnisse, Fähigkeiten und Stärken. Schließlich können Sie noch den frühesten Eintrittstermin erwähnen.
Vervollständigen Sie Ihr Schreiben noch durch eine Aufzählung der Anlagen wie Lichtbild, Lebenslauf, Zeugnisse usw.
Ein Beispiel für die Gestaltung eines Bewerbungsschreibens nach den Regeln für Maschineschreiben steht auf der folgenden Seite.

.		
.		
Vor- und Nachname		Ort, Datum
Straße Nr.	(gedruckter Briefkopf oder	
PLZ Ort	Maschinenschrift, kann auch	
Telefon	rechts stehen oder quer über die Seite)	
.		
.		
.		
.		
Name der Firma		
z.H. ...	(Anschrift maximal 9 Zeilen)	
Straße Nr./Postfach		
.		
PLZ Ort		
.		
.		
.		
.		
„Betreff“	(Bezug auf das Stellenangebot/die Stellenanzeige)	
.		
.		
Anrede		
.		
Textbeginn		
.	(Textlänge ca. 20 Zeilen mit ca. 60 Zeichen	
.	Text in Absätze gegliedert mit folgendem Inhalt	
.	– Einleitung	
.	– Bewerbung	
.	– Angaben zur Person	
.	– Angaben zur Qualifikation	
.	– besondere Kenntnisse und Fähigkeiten	
.	– (frühester) Eintrittstermin	
.	– Bitte um Vorstellungstermin	
.	– Schlußformulierung	
Textende		
.		
Grußformel		
.		
.		
.		
Unterschrift		
.		
Anlagenvermerk		

Gut vorbereitet ist halb geschrieben

Zweck und Ziel eines Bewerbungsschreibens ist es, den Stellenanbieter für die Bewerbung und den Bewerber zu interessieren. Es soll den Leser bereits so positiv einstimmen, daß er die beigefügten Bewerbungsunterlagen mit wohlwollendem Interesse auswertet und den Bewerber zu einem Vorstellungsgespräch einlädt. Die hohe Kunst beim Formulieren eines Bewerbungsschreibens besteht darin, sich so kurz wie möglich und so lang wie nötig zu fassen. Denn einerseits soll das Bewerbungsschreiben alle Informationen enthalten, die dem Leser zeigen, daß sich hier ein geeigneter Kandidat bewirbt. Andererseits sollte es leserfreundlich sein, das heißt, kurz, knapp, klar und übersichtlich.
Mancher geplagte Personalchef oder Sachbearbeiter muß sich oft durch Hunderte von Bewerbungen hindurcharbeiten. Er ist für jedes Schreiben dankbar, das ihn ohne großen Zeit- und Leseaufwand das Wesentliche erkennen läßt. Es lohnt also, einige Zeit in die Vorbereitung Ihres Schreibens zu investieren. Gehen Sie dabei systematisch vor, und entwerfen Sie zunächst eine Gliederung.

Betreff

Ein „Betreff" ist bei Bewerbungsschreiben nicht unbedingt erforderlich. Bei Bewerbungen bei einem größeren Unternehmen ist es jedoch sehr nützlich, wenn Sie dem Empfänger das Vorsortieren erleichtern, weil er vielleicht gleichzeitig mehrere Stellenanzeigen veröffentlicht hat.
Ihr Schreiben kann als Betreff einen Hinweis auf die angebotene Stelle enthalten: „Leiter Arbeitsvorbereitung". Zusätzlich können Sie die Zeitung erwähnen, in der Sie die Anzeige entdeckt haben. Manche Stellenanbieter inserieren nämlich in mehreren Zeitungen. Dann interessiert es sie, welcher Anzeige sie ihren Erfolg verdanken.

Anrede

Wenn Sie den Firmeninhaber oder den Personalchef persönlich kennen oder in der Anzeige der Name des zuständigen Mitarbeiters genannt wurde, reden Sie den Empfänger persönlich an, zum Beispiel: „Sehr geehrter Herr Meier".
In allen anderen Fällen schreiben Sie die im Geschäftsleben übliche Anrede „Sehr geehrte Damen und Herren".

Einleitung

Bei der Einleitung scheiden sich die Geister. Hier kann der Leser bereits erkennen, ob der Schreiber in ausgetretenen Pfaden wandelt und gedankenlos Gemeinplätze verwendet oder ob er sich mit seinen Formulierungen Mühe gibt. Vermeiden Sie deshalb nichtssagende Einleitungen wie: „Bezugnehmend auf Ihr Stellenangebot in der Saarbrücker Zeitung vom ... möchte ich mich hiermit um die Stelle eines ... bewerben." Oder: „Ihr Stellenangebot in der Samstagsausgabe der Nürnberger Nachrichten habe ich mit großem Interesse gelesen und erlaube mir, mich um die Position eines ... zu bewerben."
Die Wendung „Bezugnehmend" ist angestaubtes Kanzleideutsch, und „erlauben" kann und sollte man sich selbst gar nichts; das können nur andere. Das „große Interesse" des Schreibenden ist für den Leser völlig uninteressant. Gehen Sie statt dessen bereits in der Einleitung auf die Wünsche des Stellenanbieters ein, zum Beispiel so:

> Sehr geehrter Herr Dr. Krieger,
>
> Sie suchen einen Stellvertreter für Ihren Vertriebsleiter, der einige Jahre Praxis in der Baustoffbranche hat, der in der Lage ist, die Neuorganisation Ihres Außendienstes zu betreiben, der geschickt im Verhandeln ist und der auch bereit ist, etwa ein Viertel seiner Arbeitszeit zu reisen.

Auf diese Weise fühlt sich der Stellenanbieter sofort angesprochen und merkt, daß der Bewerber seine Stellenanzeige gründlich gelesen hat. Außerdem weiß er sofort, für welche Stelle Sie sich interessieren, falls Sie dies nicht bereits im „Betreff" erwähnt haben. Dann schließt sich die Bewerbung an:

Wegen meiner Ausbildung und meines bisherigen beruflichen Werdegangs sowie meiner Kenntnisse und Fähigkeiten glaube ich, Ihren Vorstellungen zu entsprechen.

Angaben zur Person

Da der Bewerbung ein ausführlicher Lebenslauf beifügt ist, kann man sich bei diesen Angaben kurz fassen:

Ich bin 31 Jahre alt, verheiratet, ohne Kinder und bin nicht ortsgebunden.

Angaben zur Qualifikation

Die jetzt folgenden Angaben sind besonders wichtig für eine erste Vorentscheidung für oder gegen den Bewerber. Aus ihnen kann der Stellenanbieter schon weitgehend herauslesen, ob der Bewerber sich für die angebotene Stelle eignet, zumindest aber, ob es sich lohnt, die Bewerbungsunterlagen weiterzustudieren.
Wenn Sie einen ausführlichen Lebenslauf und vielleicht auch noch einen „beruflichen Werdegang" beifügen, sollten Sie hier nicht ausführlich auf sämtliche Ausbildungs- und Berufsstationen eingehen, sondern nur die wichtigsten Tätigkeiten und Stationen erwähnen. Hier rücken Sie gerade die Tätigkeiten ins rechte Licht, die Sie für die angestrebte Position

qualifizieren. Sie können zum Beispiel Ihre Arbeitszeugnisse kommentieren oder bestimmte Qualifikationen besonders herausstellen, die aus Ihren Zeugnissen nicht so deutlich hervorgehen. Sie können auch begründen, warum irgendwelche Entwicklungen in Ihrer beruflichen Laufbahn nicht völlig geradlinig verlaufen sind oder warum frühere Tätigkeiten in anderen Funktionen auch für neue Aufgaben nützlich sein können. Sie könnten zum Beispiel schreiben:

> Ich habe in einem Baugeschäft eine dreijährige Maurerlehre erfolgreich abgeschlossen. Nach mehrjähriger Tätigkeit als Maurer im Eigenheimbau und im Industriebau und nach dem Besuch einer Fachschule wurde ich Maurerpolier. Da mich diese Tätigkeit auf Dauer nicht voll befriedigte, wechselte ich in die Verwaltung eines der größten deutschen Bauunternehmen. Dort arbeitete ich in der Kalkulation und in der Angebotsabteilung. Schließlich wechselte ich in die Auftragsbeschaffung und betreute dort einige Großprojekte. In Abendkursen bildete ich mich weiter und legte nach 2 Jahren die Kaufmannsgehilfenprüfung vor der IHK mit sehr gutem Erfolg ab. Zur Zeit bin ich als Stellvertreter des Einkaufsleiters für Baufertigteile in ungekündigter Stellung tätig.

Hier wird – zwar kurz gefaßt, aber dennoch vollständig – der gesamte berufliche Werdegang aufgezeigt, so daß die Entwicklung vom Maurer zum Maurerpolier und später durch eine Zweitausbildung auch die kaufmännische Qualifikation deutlich wird. Diese Doppelqualifikation wird als besondere Stärke herausgestellt. Das Eingehen auf die Entwicklung beim derzeitigen Arbeitgeber ist auch deshalb wichtig, weil von diesem noch kein Zeugnis vorliegt.

Je mehr berufliche Stationen ein Bewerber durchlaufen hat und je höher seine derzeitige Position ist, desto weniger sinnvoll ist es, den gesamten Werdegang darzustellen. Dafür sind entweder der Lebenslauf oder der „berufliche Werdegang“ da. Im Bewerbungsschreiben genügt es in der Regel, einige für die angestrebte Stelle und für den Stellenanbieter wichtige Stationen und Qualifikationen darzustellen, besonders die augenblickliche Position, das Aufgabengebiet und besondere Anforderungen. Schließlich ist es für den künftigen Arbeitgeber vor allem wichtig zu erfahren, was der Bewerber hier und heute zu bieten hat.

Besondere Kenntnisse und Fähigkeiten

Jetzt kommt ein besonders heikler Teil Ihres Bewerbungsschreibens. Nur wenige Menschen können sich selbst objektiv darstellen. Jeder hat zwar ein bestimmtes Bild seiner Kenntnisse, Fähigkeiten und Eigenschaften. Wieweit dieses aber den tatsächlichen Verhältnissen entspricht, steht auf einem anderen Blatt, denn Menschen sehen sich in der Regel so, wie sie sein möchten. Hinzu kommt noch eine andere Schwierigkeit: Wenn Sie sich in gleicher Weise anpreisen wollen, wie in vielen Stellenanzeigen Mitarbeiter gesucht werden, dann müssen Sie manchmal hochstapeln. Da werden zum Beispiel für die Stelle eines Sachbearbeiters oder einer Führungsnachwuchskraft Bewerber gesucht, die mit diesen Qualitäten eigentlich längst eine Führungsposition innehaben müßten.
Wenn Sie sich auf ein Inserat mit überhöhten Anforderungen bewerben wollen, stehen Sie vor der Wahl, ehrlich zu bleiben und Ihre tatsächlichen Kenntnisse und Fähigkeiten aufzuzählen (die wahrscheinlich für diese Position auch völlig ausreichen). Vielleicht bleiben Sie dann aber bereits im ersten Auswahlgang auf der Strecke. Sie können aber auch wie weniger ängstliche oder weniger selbstkritische Mitbewerber auf die große Pauke hauen. Damit vergrößern Sie Ihre Chance, in die engere Wahl zu kommen und zu einem Vorstellungsgespräch eingeladen zu werden.
Im Vorstellungsgespräch stellt sich dann vielleicht heraus, daß man eigentlich einen guten Mitarbeiter sucht und gar keine Spitzenkraft, so daß Sie genau der richtige Bewerber sind. Oder aber man findet heraus, daß Sie mit Ihrer Selbstanpreisung übertrieben haben. Dann wäre das Vorstellungsgespräch die Endstation.
Sie sollten es sich aber gut überlegen, ob Sie überhaupt in einem Unternehmen arbeiten wollen, das offensichtlich überhöhte Anforderungen stellt. Vielleicht wiederholen sich dort später solche Überforderungen. Sollten Sie die Stelle bekommen, werden Sie wahrscheinlich später an den

Aussagen in Ihrer Bewerbung gemessen werden. Wenn Sie dann nicht halten können, was Sie vorher leichtsinnig versprochen haben, müssen Sie irgendwann dafür büßen. Eventuell kündigt man Ihnen bald, und dann beginnt für Sie die Stellensuche von vorn; nur diesmal aus einer viel ungünstigeren Situation heraus. Oder man läßt Sie immer wieder spüren, daß man mehr von Ihnen erwartet hat. Deshalb gibt es nur einen guten Rat: Bleiben Sie bei Ihrer Selbstdarstellung auf dem Boden der Tatsachen. Gehen Sie zwar auf die Wünsche des Stellenanbieters ein, und stellen Sie sich auch so günstig wie vertretbar dar. Versprechen Sie aber nur so viel, wie Sie später auch halten können.

Viele Ihrer Aussagen können bereits mit Hilfe Ihres Lebenslaufs, des beruflichen Werdegangs und vor allem der Zeugnisse nachgeprüft werden. Im Vorstellungsgespräch wird sicher ebenfalls nach schwachen oder unklaren Punkten geforscht. Den endgültigen Befähigungsnachweis aber müssen Sie in der Praxis antreten. Spätestens dann wird sich herausstellen, ob Sie leisten können, was Sie in Ihrer Bewerbung behauptet haben.

Schreiben Sie deshalb, daß Sie den meisten Anforderungen gewachsen sind. Machen Sie hierzu klare Angaben. Schreiben Sie auch, wo Sie sich noch verbessern wollen und daß Sie bereit sind, an sich zu arbeiten. Solche Ehrlichkeit schätzen die meisten Arbeitgeber mehr als den Versuch, in allen Punkten zu glänzen.

Dieser Abschnitt der Bewerbung könnte so lauten:

> Ich kenne den Baumarkt sehr gut, und zwar von der Einkaufs- wie von der Vertriebsseite her. Bereits in der Kalkulations- und Angebotsabteilung, mehr aber noch in der Auftragsbeschaffung meines derzeitigen Arbeitgebers, wurde ich oft zu Verhandlungen hinzugezogen, wenn es darum ging, mit schwierigen Kunden zum erfolgreichen Abschluß zu kommen. Während dieser Zeit war ich Mitglied einer Arbeitsgruppe, die mit der Umorganisation der regionalen Vertriebsstützpunkte beauftragt war.
>
> Von meiner Tätigkeit als Maurer und als Maurerpolier her kenne ich auch die Gepflogenheiten auf den Baustellen bestens. Als Maurerpolier waren mir Gruppen von 10 bis 40 Mitarbeitern unterstellt.
>
> Zu meinen früheren Tätigkeiten gehörten häufige Dienstreisen.

Daher wäre mir eine Reisetätigkeit in meiner neuen Stellung nicht fremd.
Sie sehen, daß ich die wichtigsten Voraussetzungen mitbringe, um Ihren Vertriebsleiter bei der Neuorganisation Ihres Außendienstes wirksam unterstützen zu können.

Gehaltswünsche

Im Normalfall wollen Sie sich durch einen Stellenwechsel auch im Gehalt verbessern. Jeder Stellenwechsel bedeutet schließlich ein Risiko, und allein hierfür ist ein finanzieller Ausgleich gerechtfertigt. Ist der Stellenwechsel auch noch mit einem Umzug verbunden, müßten auch die hiermit verbundenen Mühen und Kosten abgegolten werden. (Die Übernahme der reinen Umzugskosten durch den neuen Arbeitgeber deckt ja nur einen Teil der Kosten.)
Wieweit Sie Ihr bisheriges Gehalt steigern können, hängt von mehreren Umständen ab: insbesondere von der Arbeitsmarktlage, der Höhe Ihres bisherigen Gehalts und der Gehaltsstruktur und den Vorstellungen des künftigen Arbeitgebers. Diese Einzelheiten können Sie aber beim Formulieren Ihres Bewerbungsschreibens noch nicht wissen. Deshalb ist es meist am günstigsten, wenn Sie über Ihre Gehaltswünsche noch keine Angaben machen. In der Regel werden die Stellenanbieter Verständnis dafür haben, wenn Sie Gehaltswünsche erst in einem Vorstellungsgespräch äußern wollen.
Es gibt keine Faustregel, um welchen Prozentsatz man sein Gehalt bei einem Wechsel steigern kann oder sollte. Für 10% mehr werden nur wenige eine interessante und sichere Position aufgeben. 30% mehr gelten schon als ein gutes Ergebnis. Letztlich müssen aber viele Umstände, Möglichkeiten und Chancen gegeneinander abgewogen werden. Hierzu ist es aber beim Abfassen der Bewerbung zu früh, da Ihnen viele wichtige Informationen noch fehlen.
Wenn Sie jedoch Ihren „Marktwert" genau kennen oder nur bei einem bestimmten Gehalt zu einem Wechsel bereit sind, können Sie Ihre

Gehaltswünsche sofort nennen. Auch wenn Sie bereits ein hohes Gehalt beziehen, können Sie dies erwähnen. Werden Sie zu einem Vorstellungsgespräch eingeladen, können Sie davon ausgehen, daß die andere Seite Ihre Vorstellungen akzeptiert.
Noch leichter haben Sie es, wenn bereits im Stellenangebot die Gehaltshöhe angegeben ist. Auch in solchen Fällen haben Sie als gefragter Bewerber in der Regel noch Verhandlungsspielraum nach oben. Heben Sie sich Ihre Forderungen aber für das Vorstellungsgespräch auf. Wenn Sie den Arbeitgeber von Ihren Qualitäten überzeugt haben, verbessert sich Ihr Verhandlungsspielraum erheblich.
Sollte der Stellenanbieter in der Anzeige ausdrücklich Ihre Gehaltsvorstellungen erbitten, können Sie diesen Wunsch ignorieren, schreiben, daß Sie Ihre Gehaltsvorstellungen erst im Vorstellungsgespräch nennen wollen, wenn Sie die Aufgaben und Anforderungen der Stelle näher kennen, oder Ihr derzeitiges Gehalt oder auch Ihre Gehaltswünsche nennen.
Grundsätzlich ist es aber vorteilhafter, auf Gehaltswünsche nicht näher einzugehen, sondern das Gehalt erst bei einer persönlichen Vorstellung auszuhandeln. Zum einen können Sie sich in einer mündlichen Verhandlung leichter an das mögliche Gehalt herantasten, da Sie je nach Situation und Reaktion Ihrer Gesprächspartner etwas mehr fordern oder etwas nachgeben können. Zum anderen bieten viele Unternehmen noch weitere Vergünstigungen wie Altersversorgung, zusätzliche Zahlungen, Einkaufsvergünstigungen, Dienstfahrzeuge, Dienstwohnungen usw. Diese können unter Umständen viel interessanter sein als einige Hundertmarkscheine mehr Gehalt. Beispielsweise können Sie so schreiben:

> Zur Zeit verdiene ich ... DM im Jahr. Hinzu kommen noch einige besondere Vergünstigungen wie Lebensversicherung, Zuschuß zu meinem Pkw, Urlaubsgeld, eine großzügige Reisekostenregelung und Sonderurlaub. Außerdem erwarte ich zum 01.07. eine mindestens achtprozentige Gehaltserhöhung. Da ich bei Ihnen ein leistungsabhängiges Gehalt bekommen möchte, schlage ich vor, daß wir uns über dessen Höhe in einem persönlichen Gespräch unterhalten, wenn Sie mich kennengelernt haben und ich mir ein genaues Bild von meinen zukünftigen Aufgaben machen kann.

Es kann jedoch sein, daß ein Bewerber mit einem gleich hohen oder sogar niedrigeren Einstiegsgehalt zufrieden sein muß. Vielleicht ist er bei guter Bezahlung in eine berufliche Sackgasse geraten, aus der er wieder hinaus will, oder die neue Stelle bietet auf längere Sicht bessere Aufstiegschancen, mehr Selbständigkeit oder interessantere Aufgaben. Schließlich muß mancher Bewerber in wirtschaftlich ungünstigen Zeiten, vor allem wenn er arbeitslos ist, unter Umständen zu Zugeständnissen bereit sein. Es ist jedoch gefährlich, sich weit unter dem bisherigen Gehalt anzubieten. Der Stellenanbieter könnte vermuten, daß mit dem Bewerber nicht allzuviel los ist, denn gute Leute haben auch in schlechten Zeiten ihren Preis. Oder er fürchtet, der Bewerber wäre im Grunde immer etwas unzufrieden mit der geringeren Bezahlung. Und wer handelt sich schon gern einen unzufriedenen Mitarbeiter ein?

Eintrittstag

Wer nicht gerade arbeitslos ist oder bereits gekündigt hat, muß bei einem Stellenwechsel bestimmte Kündigungsfristen einhalten. So beträgt die gesetzliche Kündigungsfrist bei Angestellten und Arbeitern mindestens vier Wochen zum Monatsende. Diese Fristen verlängern sich zum Schutz älterer Arbeitnehmer bei längerer Tätigkeit im Unternehmen. Auch bei höher qualifizierten Mitarbeitern und Führungskräften verlängern manche Unternehmen die Kündigungsfristen vertraglich oft erheblich, um sich gegen überraschende, kurzfristige Kündigung von Mitarbeitern zu schützen, für die nur schwer und nur in längeren Zeiträumen Ersatz zu finden ist. Bei guten Bewerbern ist der künftige Arbeitgeber sicher bereit, auch eine längere Kündigungsfrist zu akzeptieren.
Da sich der frühestmögliche Eintrittstermin nach dem nächstmöglichen Kündigungstermin richtet, könnte dieser Abschnitt heißen:

> Ich kann mit dreimonatiger Frist zum 30.06. oder 31.12. kündigen. Deshalb könnte ich frühestens am 01.07.19.. bei Ihnen meine Tätigkeit aufnehmen.

dung des Wechsels

ich aus einer ungekündigten Stellung heraus bewerben, dürfte sten Stellenanbieter interessieren, warum Sie das Risiko eines Wechsels eingehen wollen, besonders in wirtschaftlich schwierigen Zeiten. Im Vorstellungsgespräch gehört die Frage nach dem Wechselgrund zu den Standardfragen. Warten Sie lieber bis zu diesem Zeitpunkt, und legen Sie sich eine gute Antwort zurecht. Wenn Sie Ihren Gesprächspartner und sein Angebot näher kennengelernt haben, können Sie Ihren Wechselwunsch gezielter begründen. Wollen Sie jedoch bereits im Bewerbungsschreiben eine Begründung angeben, können Sie auf die für Sie interessanten Perspektiven des Stellenangebots eingehen, beispielsweise:

> Da ich in der jetzigen Firma in absehbarer Zeit keine Entwicklungsmöglichkeiten sehe, möchte ich meine Chancen in einem anderen Unternehmen suchen. In Ihrer Stellenanzeige bieten Sie genau die Position an, in der ich meine Fähigkeiten und Erfahrungen zum Nutzen Ihres Unternehmens einsetzen könnte.

Schlußformulierung

Wenn es Ihnen gelungen ist, den Leser Ihres Schreibens für Ihre Bewerbung zu interessieren, dann sollten Sie diesen mühsam errungenen Erfolg nicht durch einen schwachen Briefschluß wieder aufs Spiel setzen. Für den Abschluß eines Bewerbungsschreibens gilt das gleiche wie für seinen Anfang: Vermeiden Sie abgenutzte Formeln und Phrasen, etwa: „Ihrer geschätzten Antwort sehe ich mit großem Interesse entgegen." Oder: „Gern erwarte ich Ihren freundlichen Bescheid." Das ist veraltetes Kaufmannsdeutsch. Schreiben Sie lieber: „Ich würde mich sehr freuen, wenn Sie mich zu einem Vorstellungsgespräch einladen." „Ich würde mich sehr freuen, wenn ich in Ihrem Unternehmen mitarbeiten könnte." „Über eine günstige Nachricht würde ich mich sehr freuen." „Ich danke Ihnen für Ihr Interesse und Ihre Aufmerksamkeit."

Unaufgeforderte Bewerbung

Nicht jeder Bewerber will oder kann warten, bis er in der Zeitung ein interessantes Stellenangebot findet. Für eine aktive Bemühung um eine neue Stelle gibt es viele Gründe: Der Bewerber ist mit seiner derzeitigen Stelle nicht zufrieden, nach seiner persönlichen Laufbahnplanung ist der nächste Schritt fällig, der alte Arbeitgeber legt ihm einen Wechsel nahe, oder es droht Kündigung und Arbeitslosigkeit.

Wenn Sie in einer solchen Situation sind, haben Sie zwei Möglichkeiten: Sie geben selbst Stellenanzeigen auf, oder Sie rufen oder schreiben direkt die Firmen an, von denen Sie wissen oder vermuten, daß sie Mitarbeiter mit Ihrer Qualifikation suchen.

Solche Bewerbungen „auf Verdacht" sind häufig chancenreicher als Bewerbungen auf Stellenanzeigen: Sie konkurrieren nicht mit einer Vielzahl gleich guter oder sogar besserer Bewerber. Der Empfänger hat mehr Zeit, sich mit einer einzigen Bewerbung zu beschäftigen. Deshalb prüft er oft sehr gründlich, wo im Unternehmen eine Einsatzmöglichkeit besteht – immer vorausgesetzt, Sie können dem Unternehmen etwas bieten. Deshalb kann es Ihnen passieren, daß Sie ein Angebot für eine Stelle erhalten, an die Sie gar nicht gedacht hatten.

Viele Unternehmen schätzen aktive und initiative Bewerber, die sich selbst anbieten und die darüber nachgedacht haben, welchen Nutzen sie einem Arbeitgeber bieten können. Sie folgern, daß solche in eigener Sache aktiven Mitarbeiter sich auch für das Unternehmen einsetzen werden. Als weiterer Pluspunkt kann sich auswirken, daß das Unternehmen bei aktiven Bewerbungen die nicht geringen Anzeigenkosten spart.

Bewerbungsunterlagen

Viele inserierende Unternehmen geben in ihren Stellenanzeigen an, welche Bewerbungsunterlagen sie erhalten wollen. Nach diesen Wünschen sollten Sie sich richten. Schicken sie nämlich andere oder unvollständige Unterlagen, dann haben Sie bereits den ersten Auftrag nicht erfüllt. Das macht einen schlechten Eindruck. Wahrscheinlich fragt sich der Stellenanbieter, wie Sie wohl künftig seine Aufträge erfüllen würden, wenn Sie sich nicht einmal beim ersten Versuch einer Zusammenarbeit Mühe geben.
Häufig werden in den Stellenanzeigen auch die „üblichen" oder „ausführliche" Bewerbungsunterlagen angefordert. Hierunter versteht man im allgemeinen außer dem Bewerbungsschreiben:

- Lebenslauf,
- Darstellung des beruflichen Werdegangs,
- Zeugniskopien,
- Lichtbild.

Als Ergänzungen können Sie Ihrer Bewerbung noch beilegen:

- besondere Anerkennungen und Zertifikate,
- Arbeitsproben,
- Stellen- oder Aufgabenbeschreibung,
- Ergebnis eines psychologischen Tests (als Bewerber um einen Ausbildungsplatz),
- Angabe von Referenzen.

Gestalten können Sie von diesen Unterlagen nur den Lebenslauf, die Darstellung des beruflichen Werdegangs und das Bewerbungsschreiben sowie die eventuell beigefügten Arbeitsproben. Auf das Lichtbild haben Sie höchstens insofern einen Einfluß, als Sie einen guten Fotografen aufsuchen (kein Automatenfoto!). An Ihren Zeugnissen dürfen Sie nichts ändern. Sie können sie allenfalls im Bewerbungsschreiben kommentieren und im beruflichen Werdegang interpretieren. Deshalb müssen Sie Ihre

Bemühungen auf das Bewerbungsschreiben, den Lebenslauf und den beruflichen Werdegang konzentrieren. Aus diesen drei Unterlagen sollte hervorgehen, daß Sie der geeignete Bewerber sind. Zumindest aber sollte der Empfänger erkennen können, daß es sich für ihn lohnt, sich mit Ihrer Bewerbung zu beschäftigen, und er sollte angeregt werden, Sie zu einem Vorstellungsgespräch einzuladen.

Da der erste Eindruck eine sehr wesentliche Rolle spielt und da Ihre Bewerbungsunterlagen das erste sind, was Ihr zukünftiger Arbeitgeber von Ihnen zu sehen bekommt, sollten Sie sich bei deren Zusammenstellung schon einige Mühe geben. Selbstverständlich sollten alle Unterlagen sauber und von gleichem Format (DIN A4) sein. Knicken Sie die Unterlagen nicht. Als äußere Hülle wählen Sie einen starken Briefumschlag (DIN C4) und schützen die Unterlagen durch eine Klarsichthülle. Sie können sie auch in einem Schnellhefter oder in einer Mappe einordnen.

Welchen Aufwand Sie bei der Darbietung Ihrer Unterlagen treiben, sollte von der Art, den Anforderungen und der Einstufung der angestrebten Stelle abhängen. So genügen beispielsweise bei der Bewerbung um einen Ausbildungsplatz oder um eine Stelle im gewerblichen Bereich oder um eine kaufmännische Tätigkeit im Tarifbereich sauber zusammengestellte Unterlagen in einer Klarsichthülle oder in einem einfachen Schnellhefter. Bewerben Sie sich hingegen um eine qualifizierte Spezialisten- oder Führungsposition, darf der Aufwand ruhig etwas größer sein. Als obere Führungskraft, die bereits „einen Namen" und einen entsprechenden „Marktwert" hat, können Sie sich sogar wieder über manche Regeln und Formen hinwegsetzen; wahrscheinlich wird dies gerade als Ausdruck Ihrer Persönlichkeit respektiert.

Eine Ausnahme bilden Bewerbungen in kreativen Berufen. Von einem Werbegrafiker oder einem Marketingmann wird erwartet, daß er bereits durch eine unkonventionelle Aufmachung und Darstellungsform der Bewerbung zeigt, daß er andere als die ausgetretenen Pfade gehen kann. Völlig aus dem üblichen Rahmen fallen „Bewerbungsvideos". Bewerber können sich anschaulich und werbewirksam darstellen – ein gutes Drehbuch und Fachleute für Kamera und Schnitt vorausgesetzt. Diese Darstellung eignet sich für Schauspieler, Mannequins und Animateure oder für Mitarbeiter für Aus- und Weiterbildung. Ein Bewerbungsvideo kann die Bewerbungsunterlagen jedoch nicht ersetzen, sondern nur ergänzen.

Unvollständige Bewerbungsunterlagen

Es macht auf den Stellenanbieter keinen guten Eindruck, wenn Sie ihm nicht alle Unterlagen schicken, die er in seinem Stellenangebot ausdrücklich verlangt hat. Er wird hieraus leicht auf Ihr mangelndes Interesse an der Stelle oder auf Nachlässigkeit schließen. Lesen Sie deshalb die Anforderungen der Stellenanzeige gründlich, und haken Sie vor dem Wegschicken der Unterlagen ab, ob Sie auch nichts vergessen haben.

Sollten Sie aus triftigen Gründen bestimmte Unterlagen (noch) nicht beilegen können, erwähnen Sie dies ausdrücklich, am besten mit einer plausiblen Erklärung. So ist es verständlich, daß Sie vom derzeitigen Arbeitgeber kein Zeugnis beibringen wollen, solange Sie noch in ungekündigter Stellung sind. Auch dauert es manchmal recht lange, bis Sie nach bestandenem Examen von Ihrer Hochschule Prüfungszeugnis und Diplom erhalten. Hier können Sie aber zumindest eine Bestätigung der erfolgreich abgelegten Prüfung vorweisen.

Wer sich häufig bewirbt und dabei schon viele Absagen erhalten hat, verliert leicht die Lust, immer wieder vollständige Bewerbungsunterlagen zu verschicken. Um Zeit, Mühe und Geld zu sparen, schickt er nur ein Bewerbungsschreiben, in dem er sein grundsätzliches Interesse an der angebotenen Stelle bekundet. Am Ende solcher Kurzbewerbungen stehen häufig Formulierungen wie: „Sollten Sie aufgrund meiner Ausführungen an einer ausführlichen Bewerbung interessiert sein, bitte ich um Ihre Nachricht."

Wer glaubt, auf einen solchen Brief einen positiven Bescheid zu bekommen, täuscht sich in aller Regel. Erhalten die Stellenanbieter genügend vollständige und ansprechende Bewerbungen, haben sie weder Zeit noch Lust, hinter bequemen und scheinbar nicht sehr interessierten Bewerbern herzuschreiben. Vielleicht vermuten sie auch, daß der Bewerber auf diese Weise auf zahllose Stellenangebote reagiert und sich wahllos bewirbt. Oder sie schließen daraus, daß der Bewerber bereits viele Absagen

erhalten hat und deshalb diese Kurzform wählt. An solchen Bewerbern sind sie nicht interessiert.
In einem Ausnahmefall ist es allerdings besser, eine unvollständige Bewerbung abzuschicken als gar nichts zu unternehmen. Wenn Sie auf Reisen oder im Urlaub eine Stellenanzeige lesen, an der Sie stark interessiert sind, müssen Sie sofort handeln. Dann hat es keinen Sinn zu warten, bis Sie wieder zu Hause sind und alle Unterlagen parat haben. In einem solchen Fall schreiben Sie von unterwegs. Gerade dann müssen Sie in das Abfassen des Bewerbungsschreibens sowie des Lebenslaufs und des beruflichen Werdegangs besonders viel Mühe investieren. Wenn Sie nicht alle Daten des Lebenslaufs und des Berufsweges genau wissen, erwähnen Sie nur die wichtigsten Punkte und versprechen, die genauen Daten nachzuliefern.
Schon die wenigen Informationen müssen so aussagefähig sein, daß der Stellenanbieter sich für Sie interessiert und Sie in die engere Wahl zieht. Selbstverständlich entschuldigen Sie sich für die unvollständigen Unterlagen und begründen dies mit Ihrer Abwesenheit von zu Hause. Sie sagen die Nachsendung der fehlenden Unterlagen zu, sobald Sie zurückgekehrt sind. Eine Nachsendung hat sogar einen Vorteil: Sie können sich bei dieser Gelegenheit beim Stellenanbieter noch einmal in Erinnerung bringen und ihn auf sich aufmerksam machen.

Lebenslauf

Ein sehr wichtiger Bestandteil jeder Bewerbung ist der Lebenslauf. Er kann zwei Funktionen erfüllen: Erstens und hauptsächlich soll er eine übersichtliche und kurzgefaßte Darstellung Ihres Werdegangs sein. Zweitens kann er – handgeschrieben – als Schriftprobe dienen. Obwohl in der Mehrzahl der Fälle der Lebenslauf nicht zur Auswertung durch einen Graphologen herangezogen wird, verlangen manche Unternehmen aus alter Gewohnheit einen handgeschriebenen Lebenslauf. Da Sie nicht wissen können, ob Ihr Lebenslauf als Grundlage für ein graphologisches Gutachten dienen soll, bleibt Ihnen kaum etwas anderes übrig, als den Wunsch des Stellenanbieters zu erfüllen. Sie können allerdings auch als Ersatzlösung irgendeinen neutralen Text, den Sie zum Beispiel aus der Tageszeitung abschreiben, als Handschriftprobe beilegen und den Lebenslauf mit der Schreibmaschine oder dem PC schreiben. Dies empfiehlt sich vor allem dann, wenn Sie einen umfangreichen, eventuell mehrseitigen Lebenslauf verfassen wollen, denn als Handschriftprobe reichen etwa 20 Zeilen vollauf.

Haben Sie keine schöne Handschrift, so brauchen Sie nicht zu verzagen. Eine Handschrift wird nach anderen Gesichtspunkten als nach Schönheit beurteilt. Es wäre deshalb verkehrt, wenn Sie sich um Schönschrift bemühen und jeden Buchstaben „malen“ wollten. Eine solche Verstellung würde der Graphologe doch merken. Wichtiger ist es, daß Sie schwungvoll und gleichmäßig schreiben und daß Sie die Schreibfläche gut aufteilen. Von einer ansprechenden Aufteilung und einem guten Aussehen des Schriftstücks hängt mindestens so viel ab wie von einer schönen Schrift. Dies gilt besonders dann, wenn graphologisch ungeübte Leser Ihre Unterlagen auswerten.

Bevor Sie Ihren Lebenslauf oder eine andere Handschriftprobe anfertigen, schreiben Sie sich am besten auf einem anderen Blatt erst einmal „warm“. Schreiben Sie, wenn Sie ausgeruht sind, am besten mit einem Füllfederhalter. Er ergibt ein besseres Schriftbild und läßt Druckunterschiede erkennen. Schreiben Sie flott und ohne zu stocken und zu unterbrechen.

Dadurch erhalten Sie ein flüssiges Schriftbild. Schreiben Sie jedoch nicht zu rasch und nachlässig. Mit einer sogenannten „Arzthandschrift" verärgern Sie nur Ihren potentiellen neuen Arbeitgeber. Denn wer sich mühsam buchstabenweise durch ein Schreiben kämpfen muß, überträgt seinen Ärger dann auch auf den Schreiber. Schreiben Sie den Lebenslauf noch einmal neu, wenn Sie sich verschrieben haben, denn radieren oder durchstreichen sollten Sie in einem Lebenslauf nicht. Wenn nicht ausdrücklich ein handgeschriebener Lebenslauf verlangt wird, schreiben Sie mit der Schreibmaschine oder dem PC. Sie erleichtern sich das Schreiben, vor allem aber dem Leser das Lesen und Auswerten.
Es gibt verschiedene Arten, einen Lebenslauf zu verfassen: den *Lebenslauf in Form eines Aufsatzes* und den *tabellarischen Lebenslauf.* Den tabellarischen Lebenslauf können Sie zeitlich oder sachlich (funktional) gliedern. Für welche Form Sie sich entscheiden, hängt zum Beispiel von Ihrem Lebensalter und der Zahl der privaten und beruflichen Stationen ab, die Sie bisher durchlaufen haben. Je weniger Sie über Ihr bisheriges Leben aussagen können, desto eher empfiehlt sich die Aufsatzform. Bei einem langen Berufsleben kann es sogar zweckmäßig sein, den Lebenslauf noch einmal zu unterteilen in einen kürzer gefaßten Lebenslauf mit allen persönlichen Daten und in einen „beruflichen Werdegang". Versuchen Sie, gleich für welche Form Sie sich entscheiden, jeweils mit einer Seite auszukommen.

Wie wird ein Lebenslauf aufgebaut?

Für die äußere Form des Lebenslaufs gilt das gleiche wie für das Bewerbungsschreiben und den „beruflichen Werdegang":

- Verwenden Sie glattes weißes Papier (Schreibmaschinenpapier) im Format DIN A4.
- Teilen Sie den Text gut auf. Versuchen Sie mit einer Seite auszukommen. Sie erleichtern dem Leser die Auswertung, wenn er „alles auf einen Blick" vor sich sieht.
- Versehen Sie den Lebenslauf mit Ihrer vollen Anschrift – als Block links oder rechts oben oder in einer Zeile quer über die Seite.

- Befestigen Sie rechts oben Ihr Lichtbild mit einer Briefklammer oder mit etwas Kleber. Schreiben Sie auch auf die Rückseite Ihres Bildes Ihre Anschrift.
- Kennzeichnen Sie Ihren Lebenslauf durch die Überschrift „Lebenslauf".
- Unterschreiben Sie immer Ihren Lebenslauf mit Vornamen, Namen und Datum.

Gleichgültig ob Sie Ihren Lebenslauf in der in Deutschland üblichen Form chronologisch (mit Ihrer Geburt beginnend bis zum Tag der Bewerbung) oder in der angelsächsischen Form (von Ihrer derzeitigen Position rückwärts bis zu den persönlichen Daten) schreiben, stets soll er Auskunft geben über: Ihre Person, Ihren schulischen Werdegang, Ihre Berufsausbildung, Ihren Wehr- oder Zivildienst (bei Männern), Ihre Arbeitsverhältnisse und Ihre beruflichen Stationen, Ihre berufliche Fortbildung, besondere Kenntnisse, Fähigkeiten und Fertigkeiten.
Wenn Sie Ihren Lebenslauf in der inzwischen meist angewandten tabellarischen Form schreiben, bleiben Sie bei der einmal gewählten Systematik (zeitliche oder sachliche Gliederung).

Angaben zur Person
Die Angaben zur Person umfassen den vollen Vornamen und den Namen, wie er im Personalausweis steht. Wenn der Vorname hinter den Namen gestellt wird, muß nach dem Namen ein Komma stehen. Verheiratete Frauen können – falls sie nicht bereits einen Doppelnamen führen – zu ihrem Namen noch den Geburtsnamen setzen.
Haben Sie bereits im Briefkopf Ihre vollständige Anschrift angegeben, können Sie auch mit der zweiten Information, dem Geburtsdatum und dem Geburtsort beginnen. Das vollständige Geburtsdatum können Sie in Ziffern oder Tag und Jahr in Ziffern und den Monat – ausgeschrieben oder abgekürzt – schreiben: 21.01.19.., 21. Januar/Jan. 19.. Ist der Geburtsort ein größerer oder bekannter Ort in Deutschland, genügt die einfache Nennung dieses Ortes. Kommt der Ortsname häufiger vor, können Sie ihn durch die Postleitzahl oder einen Zusatz (etwa: Neustadt am Rübenberge) eindeutig kennzeichnen. Sie können einen weniger bekannten Geburtsort auch durch den Namen der nächstgelegenen Großstadt identifizieren.

Sind Sie im Ausland geboren, können Sie auch das Land und eventuell noch den Bundesstaat angeben.

Als Familienstand geben Sie den aktuellen Stand: ledig, verheiratet, geschieden oder verwitwet an. Sollten Sie „in Scheidung" leben, geben Sie „verheiratet" an. (Bei der Angabe „in Scheidung" könnte ein zukünftiger Arbeitgeber vermuten, daß sich diese Situation belastend auf Ihr Leistungsvermögen auswirkt.) Sonstige partnerschaftliche Verhältnisse erwähnen Sie nicht in Ihrem Lebenslauf.

Zum Familienstand gehört auch die Zahl der Kinder. Hier genügt die Zahlenangabe (2 Kinder). Angaben zu Geschlecht und Alter der Kinder sind überflüssig. Wenn Sie signalisieren wollen, daß sie zu einem Wohnortwechsel bereit sind, weil es noch keine Umschulungsprobleme gibt, sollten Sie, statt das Alter der Kinder anzugeben, besser schreiben, daß Sie „nicht ortsgebunden" sind, um dem Stellenanbieter Ihre Mobilität anzuzeigen.

Während die Angabe zu Kindern bei männlichen Bewerbern problemlos ist, bewerten manche Arbeitgeber die gleiche Tatsache bei Bewerberinnen eher kritisch. Selbst bei einem geschiedenen oder verwitweten Mann hat ein Arbeitgeber in der Regel kaum Bedenken. Hingegen vermuten Arbeitgeber, daß alleinerziehende Frauen wegen ihrer Kinder häufiger fehlen werden. Sie können im Lebenslauf zwar „vergessen", Kinder anzugeben. Spätestens im Vorstellungsgespräch werden Sie jedoch danach gefragt. Dann haben Sie aber bereits die Vorauswahl überstanden und können vielleicht im persönlichen Gespräch überzeugen, daß die Kinderbetreuung tagsüber kein Problem darstellt.

Schulischer Werdegang

Bei Berufsanfängern ist der schulische Werdegang außer den Angaben zur Person das einzig Berichtenswerte. Sie schildern die einzelnen Abschnitte mit Zeit- und Ortsangaben (Besuch der Grund-, Haupt-, Realschule oder des Gymnasiums) und den letzten Abschluß. Bereits Hochschulabsolventen können auf Angaben zur Grundschule verzichten. Es genügt zu erwähnen, wann sie das Abitur gemacht, wie lange sie welche Hochschule besucht und wann sie welches Examen abgelegt haben.

Wer jedoch die mittlere Reife oder das Abitur auf dem zweiten Bildungsweg und dort vielleicht sogar berufsbegleitend geschafft hat, sollte dies

ausdrücklich erwähnen. Es beweist nämlich seinen Bildungswillen, seine Zielstrebigkeit und sein Durchhaltevermögen.
Je länger und erfolgreicher ein Bewerber im Berufsleben tätig ist, desto weniger interessieren den Stellenanbieter die schulischen Abschlüsse. Dann ist höchstens noch der letzte schulische Abschluß von Interesse.

Berufsausbildung

Die Anfangsqualifikation für einen Beruf kann auf verschiedenen Wegen und in unterschiedlicher Qualität erworben werden: durch eine Anlernzeit, durch eine Berufsausbildung in einem anerkannten Ausbildungsberuf, durch Fachschulbesuch oder durch ein Studium an Berufsakademien, Fachhochschulen und Hochschulen.
Bei Berufsausbildungen im dualen System (Betrieb und Berufsschule, Betrieb und Berufsakademie) interessieren den zukünftigen Arbeitgeber die Ausbildungsrichtung, der Ausbildungsbetrieb, die Ausbildungsdauer und der Abschluß.
Bei Fachhochschul- und Hochschulstudiengängen interessieren die Studienrichtung, die Studiendauer und die Art des Abschlusses, die Universität(en), die Hauptfächer und das Thema der Magister-, Diplom- oder Doktorarbeit, insbesondere, wenn dieses mit der angestrebten Stelle in Zusammenhang steht. Als zusätzlicher Qualifikationsnachweis können einschlägige Praktika, Nebentätigkeiten während des Studiums oder der Semesterferien oder Studiensemester an ausländischen Universitäten und dort erworbene Sprachen- und Landeskenntnisse erwähnt werden.
Sollten Sie eine Ausbildung abgebrochen haben, dann geben Sie dafür eine plausible Begründung. Wenn Sie irgendwann die Berufsrichtung gewechselt und durch eine neue Ausbildung oder durch Umschulung neue Qualifikationen erworben haben, dann ist für neue Arbeitgeber in der Regel eher die aktuelle Ausbildung wichtig.
Häufig bedeutet eine doppelte oder mehrfache Qualifikation gegenüber nur einfach qualifizierten Mitbewerbern einen Wettbewerbsvorsprung. Stellen Sie deshalb solche Vielseitigkeit werbewirksam heraus. Machen Sie dem Stellenanbieter klar, welche Zusatz- oder Doppelqualifikation Sie bieten können: zwei sich ergänzende Berufsausbildungen (etwa eine kaufmännische und eine technische Ausbildung als technischer Kaufmann), eine Berufsausbildung und ein anschließendes Studium (Ausbil-

dung zum Industriekaufmann und Studium der Betriebswirtschaftslehre) oder ein Doppelstudium.

Bei Bewerbungen um die erste Stelle nach der Berufsausbildung müssen Sie durch eine aussagefähige und überzeugende Darstellung Ihrer Schul- und Berufsausbildung den möglichen Arbeitgeber von Ihrer Qualifikation und Ihrer Eignung überzeugen. Bei Bewerbungen im späteren Berufsleben und nach entsprechender Bewährung tritt die Bedeutung der Schulausbildung, der Berufsausbildung und eines Studiums immer mehr in den Hintergrund. Dann zählt, was Sie aus Ihrem Startkapital gemacht haben. Folglich gehen Sie dann nur noch kurz auf Ihre Ausbildung ein und legen die Schwerpunkte Ihrer Selbstdarstellung auf Ihre späteren Tätigkeiten, Funktionen und Positionen. Besonders deutlich wird dies bei Lebensläufen in angelsächsischer Form: Sie beginnen mit der derzeitigen Stelle und stellen damit das „Hier und Jetzt" in den Vordergrund.

Wehr- und Zivildienst

Haben Sie Ihren Wehr- oder Zivildienst abgeleistet, dann erwähnen Sie dies in Ihrem Lebenslauf. Geben Sie die Dauer des Dienstes, den Truppenteil oder die Organisation, bei der Sie Ihren Dienst geleistet haben, und Ihren letzten Dienstgrad oder die Art der Tätigkeit als Zivildienstleistender an. Konnten Sie diese Zeit irgendwie zu Ihrer beruflichen oder sonstigen Qualifikation nutzen, erwähnen Sie die Lehrgänge, Kurse oder deren Ergebnisse.

Die Angabe dieser Dienste hat mehrere Bedeutungen: Sie lassen keine Lücken im Lebenslauf entstehen, und der künftige Arbeitgeber weiß, daß Sie Ihre Dienstzeit bereits hinter sich haben und daß höchstens noch Wehrübungen anstehen.

Geben Sie als Zivildienstleistender im Lebenslauf keine Erklärungen über die Gründe Ihrer Verweigerung des Dienstes mit der Waffe ab, da Sie die Einstellung des Lesers zu diesem Thema nicht kennen. Sollte Ihr Gesprächspartner im Vorstellungsgespräch hierzu Fragen stellen, ist immer noch Gelegenheit, eine passende Antwort zu geben.

Die Berufspraxis

Die Darstellung der beruflichen Praxis ist für den Stellenanbieter der interessanteste Teil des Lebenslaufs. Ihm versucht er zu entnehmen,

welchen Qualifikationsstand der Bewerber hat und wie seine Entwicklung bisher verlaufen ist. Beschreiben Sie knapp und eindeutig mit Zeitangaben, bei welchen Arbeitgebern (Firmenname und Ort) Sie bisher beschäftigt waren, welche Aufgaben Sie erfüllt oder welche Tätigkeiten Sie ausgeführt haben. Erwähnen Sie, welche Funktionen oder Positionen (einschließlich Vollmachten) Sie innegehabt haben. Zeigen Sie berufliche Entwicklungen auf (Beförderungen, Ernennungen, Auszeichnungen). Sollten Sie zeitweise selbständig oder freiberuflich tätig gewesen sein, geben Sie auch dies an (Dauer und Art der Tätigkeit).
Auch für die Berufspraxis gilt: Die zuletzt ausgeübte Tätigkeit und besetzte Position ist die wichtigste. Vor allem aus diesen Angaben schließt der eventuelle Arbeitgeber auf Ihre derzeitigen und künftigen Qualifikationen.
Ein Lebenslauf sollte keine zeitlichen Lücken aufweisen. Geben Sie deshalb die Dauer und die Gründe der Unterbrechungen an (zum Beispiel 01.07.19.. – 31.12.19.. arbeitslos wegen Betriebstillegung). In wirtschaftlich schwierigen Phasen, in denen unverschuldete Arbeitslosigkeit viele Arbeitnehmer trifft, haftet einer Arbeitslosigkeit kein solcher Makel an wie in Zeiten der Vollbeschäftigung. Bei längerer Arbeitslosigkeit ist es jedoch gut, wenn Sie irgendwelche Aktivitäten aufweisen können, die zeigen, daß Sie nicht nur Bewerbungen verschickt haben, sondern sich weiterqualifiziert haben. Dies können Lehrgänge, Kurse oder Seminare sein, aber vielleicht auch Sprachenkurse im Ausland.
Deshalb sollten auch Aushilfstätigkeiten und Zeitarbeitsjobs und auch unentgeltliche Mithilfen (zum Beispiel in der elterlichen Firma) oder ehrenamtliche Tätigkeiten (bei Hilfsorganisationen oder in Vereinen) aufgezählt werden. Nützlich ist es, über solche Tätigkeiten Zeugnisse oder Bestätigungen vorzulegen.
Schlecht wäre der Versuch, Zeiten der Arbeitslosigkeit im Lebenslauf zu „vergessen" oder durch ungenaue Zeitangaben zu vertuschen. Beim Quervergleich mit den Zeugnissen kommen solche „Fehlzeiten" doch heraus.
Je länger Sie berufstätig sind, je öfter Sie Ihren Arbeitgeber gewechselt haben und je mehr Stationen und Positionen Sie durchlaufen haben, desto umfangreicher wird der Teil „Berufspraxis" Ihres Lebenslaufs. Es empfiehlt sich dann, diesen Teil aus dem Lebenslauf auszugliedern und in einem gesonderten „beruflichen Werdegang" darzustellen. Dadurch wird

der Lebenslauf leserfreundlicher. Der berufliche Werdegang, der in der Regel den Stellenanbieter am meisten interessiert, kann dann ausführlicher abgefaßt werden.
Einen getrennt dargestellten beruflichen Werdegang können Sie in gewissem Umfang den Anforderungen des jeweiligen Stellenangebots anpassen. Zum Beispiel können Sie die Schwerpunkte Ihrer früheren Tätigkeiten anders setzen, je nachdem welche Qualifikation für die neue Stelle besonders wichtig ist. Sie können in diesen Fällen stets denselben Lebenslauf verwenden und formulieren nur den beruflichen Werdegang gezielt zur Stellenanzeige (siehe unten S. 75 und S. 101).

Berufliche Weiterbildung

Wenn Sie einem künftigen Arbeitgeber nachweisen können, daß Sie sich über das in der beruflichen Praxis übliche Maß hinaus weiterqualifiziert haben, sammeln Sie Pluspunkte. Geben Sie deshalb an, an welchen Qualifizierungsmaßnahmen Sie teilgenommen und welche Abschlüsse Sie errungen haben. Wichtige Abschlüsse belegen Sie durch Zertifikate. Erwähnen Sie aber nur solche Maßnahmen, die zu einer anerkannten Qualifikation oder zu wesentlichen neuen Fertigkeiten geführt haben (etwa Bilanzbuchhalterlehrgang, Sekretärinnen- oder Ausbilderlehrgang).

Besondere Kenntnisse, Fähigkeiten und Fertigkeiten

Hier zählen Sie Qualifikationen auf, die im ausgeübten Beruf und insbesondere in der angestrebten Stelle nützlich sind oder die dem Stellenanbieter einen erkennbaren Zusatznutzen bieten (beispielsweise Fremdsprachenkenntnisse mit dem Grad ihrer Beherrschung, gehobene Datenverarbeitungskenntnisse oder Beherrschung bestimmter Software).
Nicht ganz einfach ist die Darstellung Ihrer Charaktereigenschaften, Verhaltens- oder Wesensmerkmale. Ihr Verhandlungsgeschick, Durchsetzungsvermögen oder Ihre Führungsfähigkeit erwähnen Sie besser im Bewerbungsschreiben im Zusammenhang mit bestimmten Tätigkeiten oder Erfolgen. Ihren Charme, Ihre Freundlichkeit und Ihre Fähigkeit, andere für sich zu gewinnen, setzen Sie lieber im Vorstellungsgespräch direkt ein.

Welche Informationen können in einem Lebenslauf stehen?

Welche Angaben Sie jeweils in Ihrem Lebenslauf machen, hängt von der angestrebten Stelle und auch davon ab, wie Sie den Arbeitgeber einschätzen und welchen Nutzen Sie sich von diesen zusätzlichen Informationen versprechen.

Eltern und Geschwister

Bei der Bewerbung um einen Ausbildungsplatz ist es noch üblich, die Namen und Berufe der Eltern und die Zahl der Geschwister anzugeben: „Ich wurde am ... als drittes Kind des Lehrers ... und seiner Ehefrau ... in ... geboren." Die Angabe der elterlichen Berufe kann nützlich sein, wenn sie nach dem Wertebild des Ausbilders zum angestrebten Ausbildungsberuf passen. Allerdings kann der Ausbilder mit seinem (Vor-) Urteil auch schiefliegen, wenn er zum Beispiel dem Sohn eines Studienrates nur eine geringe Eignung für einen praktischen Beruf unterstellt oder glaubt, das Niveau eines Elternhauses mit gewerblich tätigen Eltern sei nicht ausreichend für einen beruflichen „Aufstieg" des Kindes beispielsweise in einer Anwaltskanzlei.

Ob jemand als Einzelkind oder mit Geschwistern aufgewachsen ist, läßt keine begründeten Schlüsse zu. Vielleicht folgert ein Ausbilder, daß Bewerber unter Geschwistern gelernt haben, sich anzupassen oder aber sich durchzusetzen. Aber auch hier führen individuelle Persönlichkeitstheorien zu oft fragwürdigen Entscheidungen.

Spätestens als erwachsener Mensch sollten Sie sich soweit von Ihren Eltern „abgenabelt" haben, daß Sie auf deren Erwähnung verzichten können.

Ehe- oder Lebenspartner

Für Ihre Bewerbung und Bewährung dürften Name und Beruf Ihres Partners keine Rolle spielen. Manchmal läßt der Beruf des Partners Schlüsse auf Ihre Mobilität zu. Das kann für manche Stelle wichtig sein. Die Frage Ihrer Mobilität können Sie aber besser direkt unter den „Angaben zur Person" klären.

Staatsangehörigkeit

Bei deutschen Bewerbern um eine Stelle in Deutschland geht die deutsche Staatsbürgeschaft meist aus den persönlichen Daten (deutsch klingender Name, Geburtsort, Schulbesuch usw.) hervor. Bewerben sich Deutsche in anderen Ländern oder Nichtdeutsche in Deutschland, sollten sie ihre Staatsbürgerschaft (und eine gegebenenfalls bereits erteilte Arbeitserlaubnis) angeben. Wer als deutscher Staatsbürger einen ausländischen Namen trägt (durch Einbürgerung oder Heirat), sollte, um Zweifel zu vermeiden, seine deutsche Staatsbürgerschaft erwähnen.

Konfession

Die Zugehörigkeit zu einer Religion, Kirche oder Glaubensgemeinschaft ist grundsätzlich Privatangelegenheit. An welche Kirche die Kirchensteuer abzuführen ist, erfährt der Arbeitgeber früh genug aus Ihrer Lohnsteuerkarte. Sollten Sie einer Sekte oder Glaubensgemeinschaft angehören, die nicht allgemein anerkannt ist, wäre es sogar töricht, dies zu erwähnen, weil Ihre Chancen dadurch vermutlich stark sinken.
Bewerben Sie sich hingegen um eine Stelle bei einem konfessionell orientierten Arbeitgeber (zum Beispiel katholisches Altenheim, evangelischer Kindergarten), dann sollten Sie schon derselben Konfession angehören und dies auch herausstellen.

Mitgliedschaft in Parteien und Verbänden

Ob Sie Mitglied einer politischen Partei, einer Gewerkschaft oder eines politischen oder weltanschaulichen Verbandes sind, brauchen Sie auch nicht anzugeben. Hier gibt es nur eine Ausnahme: Suchen Sie eine Stelle in einer solchen Institution, dann müssen Sie schon das richtige Mitgliedsbuch haben und sollten dies auch erwähnen.

Gesundheitszustand

Grundsätzlich sind Sie nicht verpflichtet, Angaben über Ihren Gesundheitszustand zu machen. Fragen hierzu wird der Arbeitgeber im Vorstellungsgespräch stellen, wenn der Arbeitsplatz eine bestimmte körperliche Konstitution verlangt oder gewisse gesundheitliche Risiken birgt. In solchen Fällen werden die Bewerber zum Betriebsarzt gebeten, oder sie müssen ein ärztliches Gutachten beibringen.

Sollten Sie wegen früherer längerer Erkrankungen oder wegen eines Unfalls zeitweise ohne Stelle gewesen sein, geht dies bereits aus Ihrem Lebenslauf hervor. Erwähnen Sie in diesem Fall Ihre überstandene Krankheit, und weisen Sie darauf hin, daß Sie inzwischen wieder völlig gesund und leistungsfähig sind.

Titel

Sind Ihre Titel Bestandteil Ihres Namens (Adels-, Doktortitel), gehen sie bereits aus den persönlichen Daten hervor. Sonstige akademische Grade haben Sie ebenfalls bereits in Ihrer Anschrift, bei den persönlichen Daten oder als Ergebnis Ihres Studiums erwähnt. Titel, die Sie im Laufe Ihrer beruflichen Entwicklung erworben haben (Oberingenieur, Prokurist, Direktor), nennen Sie am besten im Zusammenhang mit den beruflichen Stationen.

Referenzen

Referenzen sind Auskünfte, die Personen über andere Personen geben. Sie haben nur Sinn und Wert, wenn der Referenzgeber Sie gut kennt und sein Urteil ein gewisses Gewicht hat. Geben Sie nur dann Referenzen an, wenn dies ausdrücklich verlangt wird. Wählen Sie nur solche Personen aus, die fähig und bereit sind, Positives über Sie auszusagen. Erfragen Sie deshalb vorher deren Bereitschaft. Als Referenzgeber kommen frühere Vorgesetzte, Kollegen und Geschäftspartner in Frage.
Eine besonders gute Referenz ist ein persönliches Zeugnis eines wohlwollenden früheren Vorgesetzten. Nutzen Sie deshalb einen Stellenwechsel, um sich von Ihrem Chef ein persönliches Zeugnis schreiben zu lassen. Solche Beurteilungen sind weitaus wertvoller als die vom Personalwesen routinemäßig erstellten Zeugnisse.

Eintrittstermin und Gehaltsvorstellungen

Der frühestmögliche Eintrittstermin kann für einen Arbeitgeber ein wichtiges Auswahlkriterium sein, wenn er eine Stelle rasch besetzen will. Diese Information können Sie bereits im Bewerbungsschreiben geben. Auf Gehaltsvorstellungen sollten Sie nicht ohne zwingenden Grund eingehen und sie höchstens im Bewerbungsschreiben nennen, nicht jedoch im Lebenslauf.

Begründung des Wechsels

Spätestens im Vorstellungsgespräch wird der Arbeitgeber nach den Gründen für einen Wechsel fragen. Dann sollte der Bewerber diese auch plausibel und akzeptabel erklären. In einen Lebenslauf gehören solche Begründungen nicht.

Hobbys

Zum abgerundeten Bild eines Menschen gehört auch die private Seite. Fraglich ist nur, wieweit diese einen Arbeitgeber etwas angeht und überhaupt interessiert. Die Erwähnung von Hobbys beispielsweise ist nicht unproblematisch. Manche gelten als positiv, wenn sie auf dem beruflichen Fachgebiet liegen und damit die Qualifikation erhöhen oder wenn sie als Ergänzung oder Ausgleich zum Beruf und seinen Anforderungen dienen. Andere Hobbys werden eher negativ gesehen, weil sie viel Zeit fressen oder als gefährlich gelten.
Da Sie nicht wissen können, wer Ihre Bewerbungsunterlagen studiert und welche Einstellungen die Leser zu bestimmten Hobbys haben, erwähnen Sie diese lieber nicht schon im Lebenslauf, sondern erst im Vorstellungsgespräch.
Bewerber um einen Ausbildungsplatz können in ihrem Lebenslauf durchaus ihre Hobbys angeben, da sie insgesamt noch wenig über sich aussagen können. Sie sollten aber nur solche Hobbys erwähnen, die positiv bewertet werden, wie sportliche, handwerkliche oder musische Betätigungen, und nicht gerade Disko-Besuche.

Was gehört nicht in einen Lebenslauf?

Einige Aussagen gehören auf keinen Fall in einen Lebenslauf, und zwar alle Informationen, die für eine Entscheidung für oder gegen Sie als Mitarbeiter nicht relevant sind oder nicht sein dürften. So dürfte es einen Arbeitgeber nicht interessieren, welche privaten Vorlieben, Einstellungen oder Abneigungen Sie haben. Wie Sie wohnen, wie Sie Ihre Freizeit verbringen und wie Sie Ihr Sexualleben gestalten, geht nur Sie etwas an. Sollten Sie hierzu im Vorstellungsgespräch gefragt werden, können Sie

solche Fragen – je nach Situation und Gesprächsverlauf – überhören, ignorieren oder auch falsch beantworten.
Falls Sie Kind einer „ledigen" Mutter sind, brauchen Sie dies nicht zu erwähnen. Da es nicht erforderlich ist, Namen und Berufe der Eltern anzugeben, gehen Sie dem Problem durch Weglassen dieser Angaben aus dem Weg.
Auch Ihre Vermögensverhältnisse gehören nicht in den Lebenslauf. Von eventuell bestehenden Zahlungsverpflichtungen mit einem Pfändungsbeschluß erfährt der Arbeitgeber, wenn er vom Gehalt Abzüge abführen muß. Dann bietet sich bestimmt eine bessere Gelegenheit, die Situation zu erklären.
Nicht in einen Lebenslauf gehören auch kritische Punkte oder „dunkle Flecken", die das berufliche Fortkommen erschweren oder verhindern könnten. In vielen Fällen bedeutet das Verschweigen oder Vergessen „reine Notwehr", denn nur dann bieten sich Chancen zu einem beruflichen Neuanfang oder einem Weiterkommen. Zu solchen dunklen Flecken gehören: Aufenthalt in einem Erziehungsheim, Alkohol- und Suchtprobleme, eine Entziehungskur, Unfälle und schwere Krankheiten, Vergehen und Strafen, Gefängnisaufenthalt, ein Konkurs, soziales Abgleiten oder berufliche Fehlschläge. Vor allem, wenn diese kritischen Situationen erfolgreich überwunden wurden, sollten sie dem Bewerber nicht ewig „nachhängen" und so seine soziale Intregration verhindern.
In einem Vorstellungsgespräch hat der Arbeitgeber noch genügend Gelegenheit, forschende Fragen zu stellen. Welche Fragen zulässig sind und welche der Bewerber beantworten muß, erfahren Sie in FALKEN Ratgebern zum Thema „Vorstellungsgespräche".

Wie analysiert der Empfänger einen Lebenslauf?

Der Lebenslauf gibt einen Einblick in die Gesamtentwicklung des Bewerbers. Er zeigt wesentliche Lebensstrukturen und damit auch Charakterstrukturen. Zwar ist der Lebenslauf stets nur ein Ausschnitt bzw. Auszug aller Lebensdaten, und die Auswahl bleibt dem Schreibenden überlassen, dennoch gibt er – vor allem für denjenigen, der ihn zu lesen versteht –

Auskunft über Umweltbedingungen, Hintergründe, Antriebe, Wünsche, erreichte und nicht erreichte Ziele im Leben eines Bewerbers.
Bei einem Lebenslauf stellt der Auswerter meist zwei Analysen an:

Zeitfolgenanalyse
Hier wird in erster Linie geprüft, ob und wo im Lebenslauf Zeitlücken sind. Bei dieser Prüfung interessiert auch, ob es für die Lücken einleuchtende Erklärungen gibt.
Ferner werden bei der Zeitfolgenanalyse die Arbeitsplatzwechsel geprüft. Dabei gehen die Auswerter meist von der Grundüberlegung aus, daß Bewerber mit häufigen Stellenwechseln wahrscheinlich auch in der neuen Stelle nicht sehr ausdauernd sind. Andererseits unterstellt man einem Bewerber, der bisher noch nie gewechselt oder der es mehr als zehn Jahre an der gleichen Stelle ausgehalten hat, geringe Aktivität und Beweglichkeit. Solche Urteile können natürlich Vorurteile sein. Erst eine genauere Beschäftigung mit dem Einzelfall – Auswertung sämtlicher Bewerbungsunterlagen und Zeugnisse, zusätzliche Auskünfte, Fragen im Vorstellungsgespräch – lassen endgültige Schlüsse zu.
Es ist zum Beispiel ein Unterschied, ob ein Bewerber in den ersten Jahren seiner Berufstätigkeit alle zwei bis drei Jahre wechselt, um seine Ausbildung zu vervollständigen und seinen Horizont zu erweitern, oder ob er dies im „seßhaften" Alter von 40 oder 50 Jahren tut. Wechselt er auch dann noch sprunghaft und sucht die Schuld bei anderen, dann ist Vorsicht geboten. Dieser Bewerber wird wahrscheinlich auch im neuen Betrieb Schwierigkeiten haben und sich auch dort nicht eingewöhnen können oder die erwarteten Leistungen nicht bringen.
Für die Beurteilung von Stellenwechseln spielt auch die Art der Tätigkeit und die Branche, in der der Bewerber tätig ist, eine Rolle. Einem Mitarbeiter im Außendienst billigt man häufigere Wechsel zu als zum Beispiel einem Buchhalter, einem Maurer eher als einem Chemiefacharbeiter. Nicht selten wird jemand, der bereits die Lebensstellung gefunden zu haben glaubte, durch unvorhersehbare besondere Umstände wie Betriebsstillegung, Rationalisierungsmaßnahmen oder Wechsel des Inhabers gezwungen, noch einmal auf Stellensuche zu gehen. Ein solcher Wechsel ist natürlich anders zu bewerten als ein freiwilliger Wechsel aus einer guten Position.

Die Zeitfolgenanalyse ist relativ einfach durchzuführen. Als Kontrollmöglichkeiten bieten sich neben den Zeugnissen das Einholen von Auskünften und Fragen im Vorstellungsgespräch.
In einem gutgeführten Vorstellungsgespräch wird der Stellenanbieter stets versuchen, Unklarheiten und Ungereimtes aus der Zeitfolgenanalyse geklärt zu bekommen.

Positionsanalyse

Bei der Positionsanalyse achtet der Auswerter darauf, wie sich der Bewerber beruflich entwickelt hat. Er sucht nach Aussagen, die Auskunft geben über Aufstieg oder Abstieg, Stagnation, Berufswechsel oder Wechsel des Arbeitsgebietes.
Im allgemeinen geht man davon aus, daß die berufliche Entwicklung in den ersten Berufsjahren ansteigend verläuft. Dieser Anstieg kann sich bei Führungspositionen bis ins 50. Lebensjahr und auch noch darüber hinaus fortsetzen. In der Mehrzahl der Fälle ist aber um die Mitte des Berufslebens herum ein gewisses Berufsziel erreicht. Von da an beginnt das Streben nach Sicherung des Erreichten.
Sinn der Positionsanalyse ist es herauszufinden, ob die Entwicklung einigermaßen folgerichtig und geradlinig verläuft. Für plötzliche Berufswechsel werden plausible Begründungen gesucht. So wird es unterschiedlich gewertet, ob der Bewerber ohne ersichtliche Gründe mal dieses und mal jenes getan hat oder ob er zum Beispiel wegen der Arbeitsmarktlage oder wegen fehlender Entwicklungsmöglichkeiten in einem bestimmten Beruf oder einer Branche den Beruf wechselt.
Bei einer Positionsanalyse wird ferner darauf geachtet, wie der Bewerber bisher Rückschläge und Schwierigkeiten gemeistert hat. Wenn er sich von Schicksalsschlägen nicht hat unterkriegen lassen, schlägt dies sicherlich günstig zu Buche.

Was kann der Empfänger aus einem Lebenslauf herauslesen?

Wer beruflich häufig Lebensläufe auswertet, kann aus ihnen eine Menge herauslesen. Eine andere Frage ist es allerdings, ob er hierzu bei einer Vielzahl eingehender Bewerbungen noch genügend Zeit hat. Oft wird er zunächst beim ersten groben Vorsortieren nach nur wenigen Merkmalen alle diejenigen Bewerbungen als ungeeignet aussortieren, die von vornherein nicht für die ausgeschriebene Stelle in Frage kommen. Solche Merkmale können sein:

- Die Bewerbungsunterlagen machen einen unordentlichen Eindruck.
- Die Bewerbungsunterlagen sind unvollständig.
- Der Bewerber ist zu jung oder zu alt.
- Der Bewerber hat keine einschlägigen beruflichen Erfahrungen.
- Der Bewerber strebt eine Position an, die offensichtlich für ihn „einige Nummern zu groß" ist.
- Der Bewerber verdient bereits in der alten Stelle mehr, als ihm in der neuen Stelle höchstens gezahlt werden soll.

Die Bewerbungen, die diesen ersten Vorauswahlgang passiert haben, werden meist in Gruppen sortiert, wie

- engere Wahl,
- zweite Wahl (für den Fall, daß man keinen der Kandidaten aus der engeren Wahl gewinnen kann oder daß die Bewerber im Einstellungsgespräch nicht halten, was sie in ihrer Bewerbung versprochen haben),
- weniger interessante Bewerbungen.

Nur die Lebensläufe aus der „engeren Wahl" und aus der „zweiten Wahl" werden in der Regel gründlich ausgewertet. Hierbei kann man eine Reihe wichtiger Informationen über den Bewerber gewinnen, die über die Ergebnisse einer Zeitfolgenanalyse und einer Positionsanalyse weit hinausgehen.

Die strukturellen Merkmale des Lebenslaufs geben Auskunft über die allgemeine Entwicklungstendenz des Bewerbers. Bereits aus den Angaben über den Schulbesuch, mehr noch aus den Angaben über die Berufsausbildung und aus den Angaben über den beruflichen Werdegang kann man zum Beispiel erkennen, ob sich der Bewerber langsam und stetig hochgearbeitet oder ob er sich in raschen Sprüngen verbessert hat. Ebenso kann man Stillstand und Rückschritt sowie abwechselnde Auf- und Abwärtsbewegungen erkennen. Es läßt sich auch ablesen, wie stark ausgeprägt die Entwicklungen waren. Das Erkennen dieser Entwicklungen nützt aber noch wenig, wenn man nicht weiß, wie sie zustande gekommen sind.

Häufig liefert ein Bewerber auch zugleich die Erklärungen für seine Entwicklung mit. Er erwähnt Schicksalsschläge (zum Beispiel den frühen Tod des Vaters, Vertreibung aus der Heimat, schwere Erkrankung, Unfälle) oder berufliche Rückschläge (zum Beispiel Abbruch der Berufsausbildung wegen Schließung des Ausbildungsbetriebs, Aufgabe des Berufs aus gesundheitlichen Gründen). Den Leser des Lebenslaufs interessiert natürlich, wie der Schreiber mit schwierigen Situationen fertig geworden ist.

Im allgemeinen wird ein Bewerber allerdings eher mißliche Umstände erwähnen – entweder als Entschuldigung, wenn er nicht so erfolgreich war, oder um Erfolge noch strahlender erscheinen zu lassen – als herausstellen, daß er sich bisher stets leichtgetan hat und daß ihm manches in den Schoß gefallen ist. Erklärungen hierzu können zum Beispiel aus den direkten und indirekten Angaben des Bewerbers über sein soziales Niveau gewonnen werden. Wenn er Angaben über Beruf und Stellung seiner Eltern macht, wenn er die besuchten Schulen besonders erwähnt, Aus- und Weiterbildungsgänge hervorhebt und seine bisher erreichten Positionen betont, kann der geübte Leser feststellen, wieweit das Erreichte mühsam erarbeitet oder eher durch günstigere Startposition, etwas Glück und guten Aufwind geschafft wurde.

Besonders aufschlußreich sind alle Angaben im Lebenslauf, die erkennen lassen, was der Bewerber aus den gegebenen Situationen gemacht hat. Hat er aktiv gehandelt, auf die Ereignisse reagiert, oder hat er geduldig und resignierend die Dinge hingenommen, wie sie kamen? Aus der Art, wie ein Mensch bisher gehandelt hat, kann man auch gewisse Rückschlüsse auf sein zukünftiges Handeln ziehen. Und gerade Voraussagen über die künftige Bewährung am neuen Arbeitsplatz sind für einen Stellenanbieter besonders interessant und nützlich.

In begrenztem Umfang läßt der Lebenslauf auch das Verhalten und den Charakter des Schreibenden erkennen. Die Art der Selbstdarstellung gibt

Hinweise darauf, ob sich ein Mensch sehr wichtig nimmt und in den Vordergrund spielt oder ob er eher bescheiden und zurückhaltend ist. Aus der stolzen Aufzählung von Erfolgen oder der entschuldigenden Darstellung einer eher unbedeutenden Entwicklung, aus Zufriedenheit oder Unzufriedenheit mit dem Erreichten kann man darauf schließen, wie erfolgsorientiert ein Mensch ist. Manchmal finden sich auch Hinweise darauf, ob ein Mensch kontaktfreudig ist und ob er bereit ist, sich auch für andere einzusetzen, oder ob er sich abkapselt und nichts mit anderen zu tun haben will.
Aufschlußreich sind nicht nur die Informationen selbst, sondern auch der Stil, in dem Lebenslauf, beruflicher Werdegang und Bewerbungssschreiben geschrieben sind. Gerade aus Stil und Ausdrucksweise kann ein geübter Leser viel herauslesen. Grobe stilistische Unarten fallen aber auch schon dem weniger geübten Leser auf.
Als Schreiber haben Sie es in der Hand, welches Urteil der Leser aufgrund Ihres Lebenslaufs über Sie fällt. Sie können alle Daten und Informationen in nüchterner Form niederschreiben und es dem Leser überlassen, welche Rückschlüsse er zieht. Sie können aber auch die Daten in gewissem Umfang kommentieren. Dafür eignet sich das Bewerbungsschreiben am besten. Aber auch Lebenslauf und beruflicher Werdegang lassen für Kommentare einen beschränkten Spielraum. Hier sind jedoch indirekte Aussagen durch den Stil, die Logik der Formulierung und die Art der Darstellung (Ablauf der Ereignisse, Auswahl der Tätigkeiten, Stärken und Kenntnisse) die angemessenen und wirksamen Mittel.

Ist „Schwindeln" im Lebenslauf erlaubt?

Es liegt in der menschlichen Natur, sich selbst von seiner guten Seite zu zeigen. Besonders verständlich und verzeihlich ist dies, wenn man etwas erreichen will, wie etwa eine neue Position oder Stelle. Ähnlich verhält sich ein Unternehmen schließlich auch. Es stellt seine Leistungen und seine Produkte positiv dar. Wenn es bestimmte Arbeitskräfte sucht, wird es, besonders wenn diese gerade knapp sind, auch sich selbst und seine Arbeitsplätze günstig darstellen, um sich gut zu „verkaufen".

Als Bewerber werden Sie sich als möglichst geeignet und fähig darstellen. Dabei werden Sie sich entsprechend dem Bild zeigen, das Sie von sich selbst haben. Eine Selbstidealisierung in diesem Umfang ist verständlich und legitim. Soweit Sie diese Darstellung mit Zeugnissen und Referenzen unterstützen können, besteht auch keine Gefahr.

Kritisch wird es erst, wenn Sie sich so anpreisen, wie Sie gern sein möchten und wie Sie wünschen, von anderen gesehen zu werden. Wenn Sie in der Praxis diesem Bild nicht entsprechen können, wenn Sie die hohen Erwartungen, die Sie vorher geweckt haben, nicht erfüllen können, müssen Sie meist sehr rasch für Ihren Schwindel zahlen. Dann trennt man sich sehr schnell wieder von Ihnen, meist in der Probezeit. Eine neue Stellensuche wird für Sie sicher dann viel schwieriger sein.

Grobe Übertreibungen fallen aber in der Regel bereits beim gründlichen Studium der Bewerbungsunterlagen auf. Wenn die Aussagen in den Zeugnissen Ihren eigenen Angaben widersprechen, nehmen Sie als Bewerber nicht einmal die erste Hürde. Sie erhalten Ihre Unterlagen – meist kommentarlos – mit Dank zurück. Etwas geschickterer Schwindel wird häufig im Vorstellungsgespräch aufgedeckt. Auch das ist unangenehm genug.

Welches sind die häufigsten Gründe für Schwindeleien im Lebenslauf?

Man möchte vor sich selbst gut dastehen. Das eigene Selbstverständnis verträgt es nicht, daß man im Berufsleben nur eine bescheidene Rolle spielt. Deshalb hilft man durch Ausschmücken der eigenen Rolle etwas nach, um vor anderen gut dazustehen.

Man will auf den Stellenanbieter einer guten Eindruck machen, um in die engere Wahl zu kommen und nach Möglichkeit die Stelle zu bekommen. Dabei übertreibt man die Werbung für sich selbst. Man will dem (vermeintlich) hohen Niveau der angebotenen Stelle gerecht werden.

Man möchte gewisse Erfolge vorzeigen, um sich besser verkaufen zu können. Dabei schildert man manche Position etwas besser, um einen gewissen Aufstieg oder wenigstens eine gradlinige Entwicklung vorweisen zu können.

Man möchte Tätigkeiten und Stationen darstellen, die die Eignung für die angestrebte Position unterstreichen. Dabei gibt man den Einzeltätigkeiten in früheren Positionen andere Gewichte und stellt die Schwerpunkte der Tätigkeiten anders dar (aus gelegentlichen kurzzeitigen Vertretungen

eines Vorgesetzten „ernennt" man sich zum ständigen Stellvertreter und designierten Nachfolger) oder macht aus zeitweiligen Sonderaufgaben Hauptaufgaben. Für solche Manipulationen eignet sich das Bewerbungsschreiben allerdings eher als der Lebenslauf.
Man will gewisse Dinge verschweigen. Manche „dunkle Flecken" im beruflichen oder privaten Bereich erschweren oder behindern das berufliche Fortkommen. Dabei mögen manche Punkte zu Recht von anderen als schwerwiegend empfunden werden. Häufig ist man aber auch das Opfer von Vorurteilen anderer.
So können sehr verschiedenartige Gründe einen Bewerber dazu bewegen, gewisse Ereignisse seiner Vergangenheit zu „vergessen": kleine Strafen, Vergehen, Aufenthalt im Gefängnis, Aufenthalt im Erziehungsheim, schwere Krankheiten oder Unfälle, aber auch soziales Abgleiten oder einen „Knick in der Karriere".
In vielen Fällen ist ein Verschweigen solcher Punkte reine „Notwehr". Denn nur so bietet sich manchmal die Chance zu einem beruflichen Neubeginn oder zu einer angemessenen Entwicklung. Allerdings sollte man sich beim Verschweigen wesentlicher Tatsachen darüber im klaren sein, daß sich viele Dinge nicht verheimlichen lassen. Kommen sie zu einem späteren Zeitpunkt heraus, kann das viel unangenehmer sein als zum Zeitpunkt einer Bewerbung.
Viele „Verschönerungen" kommen bereits bei einer Analyse des Lebenslaufs ans Licht, weil sie entweder nicht ins Gesamtbild passen oder durch die Zeugnisse nicht bestätigt werden. In Zweifelsfällen hinterfragt der Stellenanbieter vielleicht im Vorstellungsgespräch unklare Sachverhalte. Oft genügen aber Ungereimtheiten oder der Verdacht auf Schwindeleien bereits, um die Bewerbung als „nicht in Frage kommend" auszusortieren.

Lücken im Lebenslauf

Es kann vorkommen, daß man – durch oder ohne eigenes Verschulden – in seinem Lebenslauf Lücken hat. Sie können entstanden sein durch Zeiten der Arbeitslosigkeit, durch Krankheiten, Unfälle oder ähnliches Mißgeschick, vielleicht aber auch durch freiwilliges vorübergehendes Ausschei-

den aus dem Arbeitsprozeß oder aber durch unfreiwillige Unterbrechung wie die Verbüßung einer Gefängnisstrafe.
Es wäre verkehrt, solche Lücken im Lebenslauf einfach durch Verschweigen oder Übergehen zu unterschlagen. Auf solche Tricks fällt ein aufmerksamer Leser nicht herein. Auch wenn Sie eine Form des Lebenslaufes wählen, die Lücken nicht auf den ersten Blick erkennen läßt (zum Beispiel die Aufsatzform), findet man spätestens beim Auswerten der Zeugnisse die Zeiträume heraus, die nicht durch Bestätigungen belegt sind.
Sollten Sie in Ihrem Lebenslauf irgendwelche Ausfallzeiten haben, so geben Sie diese mit genauer Zeitdauer an. In einem tabellarischen Lebenslauf mit zeitlicher Gliederung könnte dann stehen:

01.04.19.. – 30.09.19.. arbeitslos

Besser wäre es, einen Grund für die Arbeitslosigkeit anzugeben, vor allem dann, wenn diese nicht selbstverschuldet ist:

01.04.19.. – 30.09.19.. wegen Konkurs des bisherigen Arbeitgebers arbeitslos

Wenn Sie während dieser Zeit nicht nur eine neue Stelle gesucht haben, sondern vielleicht die Zeit genutzt haben, um sich weiterzubilden, sollten Sie dies auf jeden Fall erwähnen:

Während dieser Zeit besuchte ich einen Bilanzbuchhalterkursus der Industrie- und Handelskammer und einen Englischkursus für Fortgeschrittene bei der Volkshochschule.

An solchen Angaben erkennt ein Stellenanbieter, daß Sie auch in ungünstigen Situationen nicht resignieren, sondern an sich arbeiten und sich in Form halten.
Wichtig sind solche Bemühungen vor allem in Zeiten längerer Arbeitslosigkeit. Je länger Sie aus dem Berufsleben heraus sind, um so schwerer

wird die Rückkehr. Viele Arbeitgeber vermuten nämlich, daß Sie sich nicht intensiv genug um eine neue Stelle bemüht haben, und sie fürchten, daß mit längerer Arbeitslosigkeit auch der Arbeitswille nachgelassen haben könnte. Deshalb kann es günstiger sein, auch eine schlechter bezahlte und der bisherigen Qualifikation nicht entsprechende Stelle anzunehmen oder an Fortbildungskursen teilzunehmen, als geduldig und untätig auf die gewünschte neue Stelle zu warten.
Ebenso ist es nicht gleichgültig, wie ein Bewerber mit anderen Schicksalsschlägen wie einer langen Krankheit oder einem schweren Unfall fertig geworden ist. Wer nachweisen kann, daß er auch solche Notlagen gemeistert und die Zeit genutzt hat, bekommt eher wieder eine Chance als jemand, der ergeben auf bessere Zeiten hofft. Eine Erklärung einer Lücke könnte so lauten:

15.09.19.. – 01.11.19.. Arbeitsunfähigkeit wegen eines schweren Verkehrsunfalls. Nach der Entlassung aus dem Krankenhaus (05.05.19..) Ausbildung zum Korrespondenten im Fernunterricht. Ablegung der Korrespondentenprüfung am 28.10.19..

Wenn Sie nach Beendigung der Schulzeit, eines Fachschulbesuchs oder des Studiums nicht sofort eine Anstellung finden konnten, haben Sie bereits zu Beginn Ihres beruflichen Weges eine störende Lücke. Eine Pause von einigen Wochen oder wenigen Monaten wird man Ihnen noch als Erholungsphase von den Mühen des Schulbesuchs oder Studiums zubilligen. Zieht sich diese Pause aber über einen längeren Zeitraum hin, wird es kritisch. In solchen Fällen wäre eine praktische Tätigkeit, nach Möglichkeit als sinnvolle Vorbereitung oder Ergänzung des bisher Gelernten, besser als das Warten auf die erste angemessene Stelle. Von den vielen Möglichkeiten seien nur einige angedeutet: Als künftiger Kaufmann können Sie Erfahrungen im Außendienst, als Auslieferungsfahrer oder sogar als Reiseleiter sammeln. Vielleicht können Sie auch irgendwelche Krankheits- oder Urlaubsvertretungen übernehmen oder Ihre Sprachkenntnisse verbessern, indem Sie im Ausland einen Ferienjob übernehmen.
So können Sie zum Beispiel eine Lücke nach der Beendigung des Studiums durch den folgenden Hinweis erklären:

Nach Beendigung meines Fachhochschulstudiums 5 Monate USA-Aufenthalt zur Verbesserung meiner Englischkenntnisse.

Nach erfolgreichem Abschluß der Diplomprüfung als Grafik-Designerin Tätigkeit für eine Werbeagentur als freie Mitarbeiterin.

Was aber ist zu tun, wenn Lücken durch einen Aufenthalt im Untersuchungsgefängnis oder im Gefängnis entstanden sind? Verheimlichen lassen sich solche Fehlzeiten selten. Andererseits ist nicht einzusehen, weshalb ein Mensch während seines gesamten Berufslebens für eine Sache büßen soll, für die er bereits bestraft wurde und die er somit abgebüßt hat.

Es ist zu unterscheiden, ob es sich bei der Strafe um eine „einschlägige" Bestrafung oder um eine Strafe auf einem völlig anderen Gebiet handelt. Wer als Kassierer bereits wegen Unterschlagung bestraft wurde, sollte nicht wieder versuchen, eine Stelle als Kassierer zu finden. Ein Verschweigen einer einschlägigen Bestrafung könnte Grund für eine spätere fristlose Entlassung sein (vor allem, wenn eine entsprechende Frage im Personalfragebogen ebenfalls wahrheitswidrig beantwortet wird). Ein Hinweis auf die Art der Strafe bedeutet aber in den meisten Fällen eine Ablehnung der Bewerbung.

Wer mit dem Gesetz in Konflikt gekommen ist, sollte deshalb versuchen, eine Stelle zu finden, bei der seine Strafe keine erschwerende Rolle spielt. Bestimmte Strafen werden oftmals als „Kavaliersdelikte" angesehen und können daher ohne weiteres erwähnt werden. Hierzu gehören für viele Menschen Verkehrsdelikte:

Am 25.08.19.. wurde ich wegen Trunkenheit am Steuer mit Unfallfolge zu einer Gefängnisstrafe von 6 Monaten und Führerscheinentzug für 1 Jahr bestraft. Seither trinke ich keinerlei Alkohol mehr. Meinen Führerschein erhielt ich am 01.09.19.. zurück. Seit diesem Zeitpunkt fahre ich unfallfrei.

„Anpassung" des Lebenslaufs an die angebotene Stelle

Wenn Sie nur eine ganz bestimmte Stelle – zum Beispiel als Verkäuferin oder als Kraftfahrzeugmechaniker – anstreben, genügt es, einen Einheitslebenslauf zu entwerfen und diesen stets gleichlautenden Text allen Bewerbungen beizulegen. Haben Sie jedoch ein breiteres Einsatzgebiet – zum Beispiel als Sekretärin oder auch als Fremdsprachenkorrespondentin –, empfiehlt es sich, den Lebenslauf für jede Bewerbung neu zu entwickeln. Im einen Fall heben Sie etwas stärker die Tätigkeiten und Fähigkeiten hervor, die auf Ihre besondere Eignung als Sekretärin, im anderen Fall diejenigen, die auf Ihre Eignung als Fremdsprachenkorrespondentin schließen lassen. Allerdings müssen Sie Ihre Aussagen letztlich durch den Inhalt Ihrer Zeugnisse belegen können.

Tabellarischer Lebenslauf – sachlich-zeitliche Gliederung zu einer Bewerbung als Sekretärin in einer Werbeagentur

Persönliche Daten:	
Vor- und Familienname:	Karin Sattler
Geburtstag:	25. April 19..
Geburtsort:	57518 Betzdorf/Sieg
Familienstand:	Geschieden
Schulbildung:	
Sept. 19.. bis Juli 19..	Volksschule Betzdorf
Sept. 19.. bis Juli 19..	Neusprachliches Gymnasium in Siegburg, Abgang mit Versetzung in die 12. Klasse
April 19.. bis März 19..	Sekretärinnenschule Baden-Baden
Sept. 19.. bis Juni 19..	Berlitz-School in Düsseldorf, Abendkurse in Englisch und Französisch
Berufstätigkeit:	
Sept. 19.. bis März 19..	Bürogehilfin bei Bauer & Co., Siegburg. 1 Jahr einfache Bürotätigkeiten, Korrespondenz, zuletzt Zweitsekretärin in der Werbeabteilung
April 19.. bis Juni 19..	Abteilungssekretärin (Betriebsmitteleinkauf) bei der Feldmühle AG in Düsseldorf
Juli 19.. bis Dez. 19..	Sekretärin des Bereichsleiters Großkopiergeräte bei Rank Xerox in Düsseldorf. Zusammenarbeit mit der Werbeabteilung und externen Agenturen, Mitwirkung bei der Werbeerfolgskontrolle

Jan. 19.. bis heute	Sekretärin des kaufm. Geschäftsführers der Export- und Import GmbH in Neuss Mitwirken bei Entwicklung der Werbekonzeption, Kontakte zu Werbeagenturen
<u>Besondere Kenntnisse und Fähigkeiten:</u>	Beherrschung aller Sekretariatsaufgaben, Chefentlastung, selbständige Erledigung der Korrespondenz, Beherrschung der englischen und französischen Sprache in Wort und Schrift, Kontaktfähigkeit und Verhandlungsgeschick, Erfahrungen auf dem Gebiet der Werbung durch Tätigkeit in einer Werbeabteilung und durch Kontakte zu Werbeagenturen

Düsseldorf, 28.09.19..

Karin Sattler

Tabellarischer Lebenslauf – sachlich-zeitliche Gliederung zu einer Bewerbung als Fremdsprachenkorrespondentin

<u>Persönliche Daten:</u>

Vor- und Familienname:	Karin Sattler
Geburtstag:	25. April 19..
Geburtsort:	57518 Betzdorf/Sieg
Familienstand:	Geschieden

<u>Schulbildung:</u>

Sept. 19.. bis Juli 19..	Volksschule Betzdorf
Sept. 19.. bis Juli 19..	Neusprachliches Gymnasium in Siegburg, Abgang mit Versetzung in die 12. Klasse
April 19.. bis März 19..	Sekretärinnenschule Baden-Baden
Sept. 19.. bis Juni 19..	Berlitz-School – Ausbildung zur Fremdsprachenkorrespondentin in Englisch und Französisch in Abendkursen

<u>Berufstätigkeit:</u>

Sept. 19.. bis März 19..	Bürogehilfin bei Bauer & Co., Siegburg, Korrespondenz, auch in Englisch und Französisch
April 19.. bis Juni 19..	Abteilungssekretärin im Betriebsmitteleinkauf der Feldmühle AG in Düsseldorf
Juli 19.. bis Dez. 19..	Sekretärin des Bereichsleiters Großkopiergeräte bei Rank Xerox in Düsseldorf. Erledigung der Korrespondenz in Englisch und Französisch (letzteres auch für andere Bereiche)

Jan. 19.. bis heute	Sekretärin des kaufm. Geschäftsführers der Export- und Import GmbH in Neuss Erledigung der Korrespondenz in Englisch und Französisch (zum großen Teil selbständig)
Besondere Kenntnisse und Fähigkeiten:	Selbständige Erledigung der Korrespondenz, Beherrschung der englischen und französischen Sprache in Wort und Schrift, Kontaktfreudigkeit und Verhandlungsgeschick

Düsseldorf, 28.09.19..

Karin Sattler

Lebenslauf in Form eines Aufsatzes

Sollte ein Stellenanbieter einen handgeschriebenen Lebenslauf verlangen, dann bietet sich die Aufsatzform an. In einer tabellarischen Form ergibt sich wegen der Darstellung in Stichworten kein flüssiges Schriftbild, wie es die Graphologen bevorzugen. Auch wer erst wenige Abschnitte seines Lebens- und Berufsweges zurückgelegt hat und noch nicht viel über sich aussagen kann, kann die Aufsatzform wählen. Dadurch gelingt es ihm am leichtesten, eine Seite zu füllen. Aufsatzform bedeutet aber nicht, alle Ereignisse bis in die kleinste Einzelheit zu schildern. Schreiben Sie grundsätzlich nur das Wichtigste, und das möglichst knapp formuliert. Wenn die Anschrift bereits im Briefkopf erwähnt wurde, genügt als Einleitung:

> Am 12. August 19.. wurde ich in Recklinghausen geboren.

Sonst schreiben Sie:

> Ich heiße ... und wurde am ... in ... geboren.

Sie können den ersten Satz ruhig mit „Ich" beginnen, ohne unbescheiden zu sein. Statt „wurde ich geboren" können Sie auch „bin ich geboren" schreiben.

Als nächstes folgen Angaben über die Schulzeit. Hier interessiert nur der Abschluß. Berufsanfänger können auch alle Stationen aufzählen, etwa:

> Im Herbst 19.. wurde ich in die Volksschule Südstadt eingeschult. Nach 4 Grundschuljahren folgte im Herbst 19.. der Besuch des Leibniz-Gymnasiums. Nach dem Umzug unserer Familie nach Bielefeld besuchte ich vom Herbst 19.. bis zum Sommer 19.. das dortige Gymnasium, das ich mit dem Zeugnis der mittleren Reife am ... verließ.

Dann folgen die Angaben über die Berufsausbildung:

Vom 01. September 19.. bis zum 15. März 19.. wurde ich bei der Kreissparkasse Bielefeld zum Bankkaufmann ausgebildet. Die Prüfung vor der IHK legte ich vorzeitig mit sehr gutem Erfolg ab.

Die Angabe über das Ergebnis der Kammerprüfung ist am Beginn der beruflichen Laufbahn erwähnenswert. Mit zunehmenden Berufsjahren nimmt die Bedeutung von Prüfungen am Anfang des Berufslebens ab. Über den Berufsweg sollte man ebenfalls möglichst knapp berichten. Hier interessieren die Stellen, in denen man gearbeitet hat, und die Aufgaben, die man erledigt hat. Der entsprechende Abschnitt könnte so lauten:

Nach Bestehen meiner Prüfung arbeitete ich noch 3 Jahre in meinem Ausbildungsbetrieb, zunächst 2 Jahre in der Kreditabteilung als Kreditsachbearbeiter und anschließend in einer Filiale als Kundenberater. Nach Ableistung meines Wehrdienstes wechselte ich am 01. April 19.. zur Volksbank Gütersloh. Dort arbeitete ich zunächst in der Anlageberatung, bis ich am 01. September 19.. in die Filiale am Neumarkt übernommen wurde. Nach 2 Jahren wurde ich zum Stellvertretenden Filialleiter und nach weiteren 3 Jahren zum Filialleiter ernannt.

Nähere Angaben über die berufliche Entwicklung erübrigen sich, weil den beigefügten Arbeitszeugnissen genauere Informationen über die Art der Aufgaben und Tätigkeiten, die Dienststellung sowie Kenntnisse und Fähigkeiten und die Beurteilung der Leistungen und des Verhaltens zu entnehmen sind.
Der Lebenslauf wird ergänzt durch einige persönliche Daten wie Familienstand und Zahl der Kinder. Das kann so aussehen:

Ich bin verheiratet und habe zwei noch nicht schulpflichtige Kinder.

Der Lebenslauf schließt mit der Unterschrift und – wenn das Datum der Niederschrift nicht bereits am Anfang steht – mit Ortsangabe und Datum.

Tabellarische Lebensläufe

Seit es üblich geworden ist, im Laufe des Berufslebens mehrmals den Arbeitgeber und auch den Beruf zu wechseln, enthält ein Lebenslauf so viele Informationen, daß er als Aufsatz oft mehrere Seiten füllen würde. Ein solcher Lebenslauf ist jedoch nicht sehr übersichtlich. Vor allem aber schreckt ein langer handgeschriebener Lebenslauf den Leser von Anfang an ab. Deshalb ist es zweckmäßig, für einen längeren Lebenslauf eine andere Form zu wählen: die tabellarische Form. Tabellarisch heißt, die einzelnen Informationen werden nicht mehr in vollständigen Sätzen, sondern in Stichworten formuliert; diese Formulierungen werden nach bestimmten Ordnungsgesichtspunkten in einer Tabelle dargestellt.
Der Vorteil dieser Methode liegt einmal in der äußeren Form: Eine solche Darstellung sieht sauber, ordentlich und übersichtlich aus. Zudem lassen sich mehr Informationen auf einer Seite unterbringen.
Auch für die inhaltliche Seite spricht vieles: Ein tabellarischer Lebenslauf liest sich leichter und läßt sich leichter auswerten. Der Schreiber hat bei einer gut gewählten Gliederung eher die Gewißheit, keine Station seines privaten und beruflichen Lebens zu vergessen, und dem Leser erleichtert diese Form die Kontrolle, ob alle Punkte lückenlos aufeinanderfolgen.
Gerade die Übersichtlichkeit und die bequeme Auswertbarkeit spielen für einen Stellenanbieter eine gewichtige Rolle. Schließlich gehen auf manche Stellenanzeigen 50, 100 und mehr Bewerbungen ein. Ein Arbeitgeber ist dann für jede Erleichterung der Auswertung dankbar. Und Pluspunkte sammeln diejenigen Bewerber, die eine übersichtliche Bewerbung mit leicht auswertbaren und vergleichbaren Unterlagen liefern.

Tabellarischer Lebenslauf in zeitlicher Gliederung

Die nächstliegende Form eines Lebenslaufes ist die zeitliche Gliederung. Die Hauptgliederungsmerkmale sind Zeitpunkte (Tagesangaben) oder Zeiträume (Anfangs- und Enddatum). Mit Zeitpunkten werden Ereignisse wie Geburt, Prüfungstermin oder Tag einer Ernennung bezeichnet. Als Zeiträume werden Abschnitte in der Ausbildung oder im Berufsleben wie Dauer des Schulbesuchs oder des Wehrdienstes oder Tätigkeit in einer Position oder Firma angegeben.

Zeitpunkte werden mit einem genauen Kalenderdatum bezeichnet: „01.04. 1993" oder „01. April 1993". Wer sich an einen Zeitpunkt nicht mehr genau erinnert, kann auch den ungefähren Zeitpunkt angeben: „Einschulungstermin Herbst 1972".

Zeiträume werden mit dem Anfangs- und Enddatum gekennzeichnet: „01.07.–31.12.1992" oder „01. Juli bis 31. Dezember 1992". Wichtig ist, daß Sie die einmal gewählte Systematik im ganzen Lebenslauf beibehalten. An der Einheitlichkeit der Darstellung kann der Leser erkennen, wieweit der Schreiber in der Lage ist, einen Stoff logisch zu gliedern und ein einmal gewähltes System durchzuhalten.

Ein Lebenslauf sollte lückenlos sein. Deshalb sollten bei einer zeitlichen Gliederung auch alle Zeiträume durch Daten ausgefüllt und durch Angaben belegt sein. Lassen Sie keine Lücken entstehen, wenn Ihr tatsächlicher Lebenslauf keine Lücken aufweist.

Wenn Sie nur Jahreszahlen verwenden, können Sie kürzere Lücken verbergen. In der Angabe „1988–1990: Sachbearbeiter in Firma ... 1991 bis heute: Sachbearbeiter in Firma ..." könnte zum Beispiel zwischen Februar 1990 und Dezember 1991 eine Lücke von 22 Monaten verborgen sein.

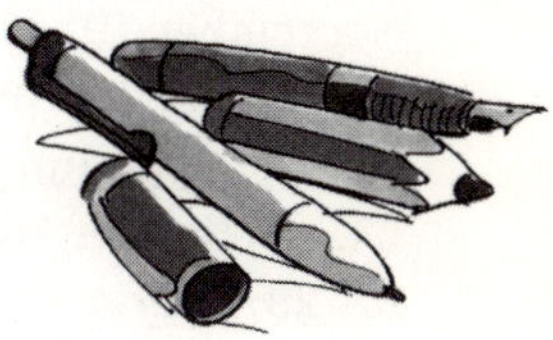

Tabellarischer Lebenslauf – zeitliche Gliederung zu einer Bewerbung als Programmiererin

23.07.19..

Lebenslauf

<u>Personalien:</u>

Vor- und Zuname:	Inge Brigitte Blau
Geburtstag:	10. Mai 19..
Geburtsort:	94469 Deggendorf
Wohnanschrift:	95445 Bayreuth Rankestraße 29
<u>Familienstand:</u>	Geschieden, 1 Sohn
<u>Schulbildung:</u>	Kath. Volksschule in Deggendorf
September 19.. bis Juli 19..	Staatliche Realschule Straubing
September 19.. bis Juli 19..	Abschluß: mittlere Reife
September 19.. bis März 19..	Berufsschule Bayreuth
<u>Berufsausbildung:</u>	
01. September 19.. bis 29. Februar 19..	Ausbildung als Kleidernäherin bei G. Rotbaum AG, Bayreuth
15. Januar 19..	Facharbeiterprüfung bei der Industrie- und Handelskammer in Bayreuth
01. Februar 19.. bis 31. März 19..	Berufsbegleitend in Abendkursen: Ausbildung zur Programmiererin im DAG-Bildungswerk Bayreuth
<u>Berufstätigkeit:</u>	
01. Februar 19.. bis 30. März 19..	Kleidernäherin im Ausbildungsbetrieb
01. April 19.. bis heute	Systemprogrammiererin bei der Textilwerke Bayreuth AG

Inge Blau

Tabellarischer Lebenslauf – zeitliche Gliederung zu einer Bewerbung als Kontakter

München, 18.08.19..

Lebenslauf Valentin Brauner

10.10.19..	Geboren in München
19..–19..	Volksschule
19..–19..	Humanistisches Gymnasium
19..–19..	Umschulung auf Realgymnasium, Abitur, anschließend 3 Semester Germanistik und Kunstgeschichte
19..–19..	Ausbildung: Lehre bei Team-Werbung und Studium am Werbefachlichen Institut sowie Berufsschule
19..–19.. März	Markenbetreuer bei Gabler
April 19..–19..	Werbe- und Verkaufsleiter bei Reliefdruck Walter Zahn
19..–19..	Freiberuflich als Werbeberater
19..	Werbeleiter bei MSS Marketing Service Systems
19..–19..	Kontakter bei Stumpf-Werbung und 4 Semester an der Verwaltungs- und Wirtschaftsakademie, Zweig Wirtschaft
19..–19..	Freiberuflich als Werbeberater
Mitte – Ende 19..	Kontakter bei UK-Werbegesellschaft
Seit 19..	Freiberuflicher Werbeberater

Valentin Brauner

Tabellarischer Lebenslauf – zeitliche Gliederung zu einer Bewerbung als Leiter Arbeitsvorbereitung

Georg Becker
Merseburger Straße 35
06112 Halle

Lebenslauf

	<u>Schulausbildung:</u>
19..–19..	Polytechnische Oberschule
19..–19..	Erweiterte Oberschule, Abitur
	<u>Nationale Volksarmee:</u>
19..–19..	Dienstgrad: Obergefreiter
	<u>Berufsausbildung:</u>
19..–19..	Hochschulstudium an der TH Dresden, Abschluß: Dipl.-Ing. Verarbeitungs- und Verfahrenstechnik, Fachrichtung Papiertechnologie
19..–19..	Gruppenleiter Zellstoffproduktion im Papier- und Zellstoffkombinat Rudolfstadt
19..–19..	Wissenschaftlicher Mitarbeiter im kombinatseigenen Forschungsbereich Zellstoff des Papier- und Zellstoffkombinats Rudolfstadt
19..–19..	Kundenberater im Außendienst zur Verkaufsförderung
	<u>Berufserfahrungen:</u>
	Gründliche Kenntnisse auf den Gebieten Zellstoffgewinnung und Papiererzeugung, in der technologischen Vorbereitung und der Erarbeitung von technisch-organisatorischen Großprojekten, der

Einsatzvorbereitung für computergestützte Prozeßsteuerung und der Qualitätssteigerung in der Zellstoffgewinnung und der Papiererzeugung

Zusätzliche Kenntnisse:
Grundlehrgänge Verfahrenstechnik und Qualitätssicherung
Grundlehrgang Arbeitssicherheit
Grundkenntnisse bei der Anwendung von Standardsoftware am PC
Ausbildung zum Ausbilder
Gute Russisch- und Englischkenntnisse
Führerschein Klasse 3

18.03.19..
Georg Becker

Tabellarischer Lebenslauf – zeitliche Gliederung zu einer Bewerbung als Personal-Sachbearbeiter

Lebenslauf Karl-Heinz Zink

26.02.19..	Geboren in Offenbach
01.09.19..–18.07.19..	Besuch der Volksschule
06.09.19..–25.05.19..	Besuch der Peter-Vischer-Oberrealschule Fürth
01.09.19..–31.05.19..	Ausbildung als Bürokaufmann in der Deutschen Angestellten-Krankenkasse, Fürth, mit erfolgreichem Abschluß Am 01.06. Übernahme als Sachbearbeiter in das Angestelltenverhältnis
01.04.19..–30.09.19..	Lohnbuchhalter Firma Steger, Maschinenbau, Nürnberg
01.10.19..	Einstellung als Gehaltsbuchhalter der Firma Hertie AG, Nürnberg 01.10. Übernahme in den Führungsnachwuchs mit Ausbildung im gesamten Personalwesen in verschiedenen Zweigniederlassungen sowie der Hauptverwaltung 15.06.19.. betriebsinterne Prüfung zum Personalassistenten, anschließend Einsatz in Bamberg 01.07.19.. Versetzung in der gleichen Position nach Heilbronn
Lehrgänge	3 Tage 19.. Personalplanung 6 Tage 19.. Betriebsverfassungsgesetz 5 Tage 19.. Personalauswahl

12.05.19..
Karl-Heinz Zink

Tabellarischer Lebenslauf in sachlicher Gliederung

Zur Beurteilung der fachlichen Eignung ist es wichtig zu wissen, was der Bewerber gelernt und was er im Berufsleben getan hat. Dies kann man aus einem sachlich gegliederten Lebenslauf besser herauslesen als aus einem zeitlich gegliederten. Ein sachlich gegliederter Lebenslauf läßt vor dem Leser die einzelnen Schritte und Stationen der persönlichen und beruflichen Entwicklung des Schreibers abrollen.

Ein sachlich gegliederter Lebenslauf besteht meist aus zwei Spalten: In der ersten werden einzelne Ereignisse und Stationen wie Überschriften erwähnt; in der zweiten Spalte werden diese Überschriften in Stichworten mit Zeitangaben näher erläutert. Die Gliederungspunkte können sein:

- Persönliche Daten:
  - Name
  - Geburtstag
  - Geburtsort
  - (Staatsangehörigkeit)
  - (Eltern)
  - Familienstand
- Schulbildung
- Berufsausbildung:
  - Ausbildung im dualen System
  - Fachschulausbildung
  - Hochschulausbildung
- (Wehrdienst, Zivildienst)
- Berufstätigkeit/Berufspraxis
- Berufliche Weiterbildung
- (Besondere Kenntnisse, Fähigkeiten und Fertigkeiten)

Tabellarischer Lebenslauf – sachliche Gliederung zu einer Bewerbung als kaufmännischer Sachbearbeiter

Lebenslauf

Name:	Huber, Franz
Geburtsdatum:	25. Juli 19..
Geburtsort:	83043 Bad Aibling
Wohnort:	Rosenheimer Straße 34 83043 Bad Aibling
Schulbildung:	19..–19.. Grund- und Hauptschule 19..–19.. Handelsschule 19..–19.. Berufsschule
Berufsausbildung:	September 19..–Juni 19.. Ausbildung zum Industriekaufmann in Firma Renner KG, Bad Aibling Juli 19..–September 19.. Praktikant in Max Grundig AG, Fürth
Wehrdienst:	Oktober 19..–Februar 19.. Bundeswehr in Fürstenfeldbruck, Sportfördergruppe
Berufstätigkeit:	01. März bis heute Sachbearbeiter Betriebsmitteleinkauf, später Angebotsabteilung, MAN, Augsburg

Bad Aibling, 01. Oktober 19..

Franz Huber

Tabellarischer Lebenslauf – sachliche Gliederung zu einer Bewerbung als Sekretärin

Lebenslauf

Name:	Britta Bauer	
Wohnort:	Nauener Straße 64 13581 Berlin	
geb. am: geb. in:	20.03.19.. Berlin	
Familienstand:	Ledig	
Schulen:	19..–19.. 19..–19..	Grundschule Realschule Lichterfelde-West Abschluß: mittlere Reife
Berufsausbildung:	19..–19..	kaufmännische Auszubildende bei Märkische Möbelwerke in Berlin
Beruflicher Werdegang:	01.01.19..	bis heute in Firma Bayer AG, Leverkusen 2 Jahre Kontoristin in Vertriebsabteilung Fasern, seitdem Sekretärin des Vertriebsleiters

Leverkusen, 25.02.19.. Britta Brauer

Tabellarischer Lebenslauf – sachlich-zeitliche Gliederung zu einer Bewerbung als Modegrafikerin

Lebenslauf

Anschrift:	Heike Jenssen Glückaufstraße 33 45663 Recklinghausen	
Persönliche Daten:	Geb. am 25. Mai 19.. in Essen, ledig	
Ausbildung:	19..–19..	Hauptschule in Essen
	19..–19..	Realschule in Recklinghausen, Realschulabschluß
	19..–19..	3jährige Lehre im Damenschneiderhandwerk
	Ostern 19..	Gesellenprüfung, anschließend 4monatiges Praktikum DOB
	19..–19..	Technikerfachschule für Bekleidungswesen in Mönchen-Gladbach, Techniker-Abschluß
Berufstätigkeit:	19..–19..	Texographin, Singer KG, Bottrop, DOB
	19..–19..	Entwurfsdirektrice, GAT, Faber GmbH, DOB Recklinghausen
	01.04.19..	Arbeitslos wegen Teilstillegung des Betriebes

Recklinghausen, 20.06.19.. Heike Jenssen

Tabellarischer Lebenslauf – sachlich-zeitliche Gliederung zu einer Bewerbung als Abteilungsleiter

Werner Schneider Wormser Str. 13 67071 Ludwigshafen

Lebenslauf

Geburtsdatum:	12. August 19..	
Geburtsort:	Wiesbaden-Schierstein	
Familienstand:	Verheiratet, 2 noch nicht schulpflichtige Kinder	
Schulbesuch:	19..–19..	Grund- und Hauptschule in Wiesbaden-Schierstein
	19..–19..	Handelsschule in Wiesbaden
	19..–19..	Hessenkolleg, Abitur
Studium:	19..–19..	Johannes-Gutenberg-Universität in Mainz, Fachrichtung: Germanistik (2 Semester) Betriebswirtschaft (3 Semester)
	19..–19..	Johann-Wolfgang-Goethe-Universität in Frankfurt am Main, Fachrichtung: Betriebswirtschaft (7 Semester) Abschluß: Dipl.-Kfm.
Wehrdienst:	19..–19..	Soldat auf Zeit, Heeresoffiziersschule, Ausbildungsleiter in einer Sporteinheit
Berufstätigkeit:		Siehe besonderen „Beruflichen Werdegang“

Ludwigshafen, 27.09.19..

Werner Schneider

Tabellarischer Lebenslauf – sachliche Gliederung zu einer Bewerbung als Betriebsleiter (Textilindustrie)

Lebenslauf

Name:	Wolfgang Fischer	
Geburtstag:	26. Januar 19..	
Staatsangehörigkeit:	Deutsch	
Familienstand:	Verheiratet, 1 Kind	
Schulausbildung:	19..–19..	Volksschule Plauen
	19..–19..	Allgemeinbildende Polytechnische Oberschule in Plauen
Berufsausbildung:	19..–19..	$2^{1}/_{2}$jährige Lehre als Weber bei VEB Tuche Plauen
Nationale Volksarmee:	19..–19..	Dienstgrad: Obergefreiter
Berufstätigkeit:	19..–19..	Weber bei VEB Feintuche, Greitz
	19..–19..	Schichtführer im VEB Textilwerke Leipzig
	19..–19..	Zunächst Gruppenleiter Arbeitsvorbereitung bei VEB Spinnerei und Weberei Leipzig, später Schichtmeister
	19..–	Stellvertretender Betriebsleiter im Nachfolgebetrieb Spinnerei- und Weberei AG Leipzig (ungekündigt)

Berufserfahrung:	Abrufbereites Wissen als Webermeister Kenntnisse auf allen Gebieten der Webereitechnologie Führungserfahrung Betriebsorganisation
Kenntnisse:	Instandhaltung und Wartung von Textilmaschinen und Gebäuden Textilveredelung Textilprüfung Betriebswirtschaftliche Grundkenntnisse
Fahrerlaubnis:	Klasse 2 und 3

12.02.19..
Wolfgang Fischer

Lebenslauf in graphischer Darstellung

Personal Computer bieten die Möglichkeit, Lebensläufe in anderen als den herkömmlichen Formen darzustellen. Solche graphischen Darstellungen sind übersichtlich und daher schnell auszuwerten. Außerdem beweist der Verfasser, daß er mit einem PC graphische Darstellungen erstellen kann. Zusätzlich kann er sich von den üblichen Bewerbungen – zumindest formal – deutlich abheben. Eine graphische Darstellung läßt allerdings nur eine beschränkte Zahl von Informationen zu, was der Empfänger vielleicht bemängelt.
Wägen Sie die Chancen und Risiken einer graphischen Darstellung im Einzelfall ab. Bei einem eher „konservativen" Unternehmen wählen Sie eine konventionelle und bei einem eher „fortschrittlichen" Unternehmen die graphische Darstellungsform.

Lebenslauf – graphische Darstellung

Dipl.-Kauffrau Hannelore Schweizer
Geleitstraße 33
63065 Offenbach

Lebenslauf

	Geboren: 05.02.19.. in Regensburg	
	Schulabschluß 19.. Abitur	
	19..–19.. Berufsausbildung bei Hypo-Bank: Bankkauffrau	
19..–19.. 2 Semester US-Studium	19..–19.. BWL-Studium München/Augsburg Dipl.-Kauffrau	25.10.19.. Heirat
19..–19.. Dozentin an Bankakademie	19..–19.. Referentin in Volkswirtsch. Abtlg. VR-Bank, Köln	09.09.19.. Scheidung
19..–19.. Ergänzungsstudium MBA in London	19..–19.. Assistent-Manager Devisen-Abtlg. City-Bank London	
	19..–heute Leiterin Auslands- Abtlg. VR-Bank	

Düsseldorf, 12.09.19.. Hannelore Schweizer

ächsischer Lebenslauf

mender Internationalisierung der Wirtschaft und der Fortent- des europäischen Marktes werden sich immer häufiger deutsche beitnehmer bei Unternehmen in englischsprachigen Ländern bewerben. Auch werden aus diesen Ländern Bewerber bei deutschen Unternehmen ihr berufliches Glück versuchen.

Die Bewerbungsunterlagen sind in diesen Fällen die gleichen wie in Deutschland – mit einer Ausnahme: In angelsächsischen Ländern wird der Lebenslauf anders aufgebaut. Er beginnt nicht, wie bei uns, mit der Geburt und beschreibt, dem chronologischen Ablauf folgend, die weiteren Stationen bis zum augenblicklichen Stand. Der angelsächsische Lebenslauf beginnt mit der derzeitigen Position und stellt die einzelnen Stationen rückwärts dar. Für diese Form spricht, daß sich die meisten Stellenanbieter hauptsächlich für den heutigen Entwicklungsstand des Bewerbers interessieren und daß frühere Leistungen und Verdienste „Schnee von gestern" sind.

Es gibt zwei gute Gründe, die angelsächsische Form des Lebenslaufs zu wählen: Sie bewerben sich bei einer Firma in den USA, in Großbritannien oder in anderen englischsprachigen Ländern (oder bei deren Tochterunternehmen in der BRD), oder Sie wollen sich einmal anders als alle anderen bewerben und dadurch Aufmerksamkeit erzielen.

Engländer und Amerikaner überschreiben ihren Lebenslauf in der Regel „Curriculum vitae".

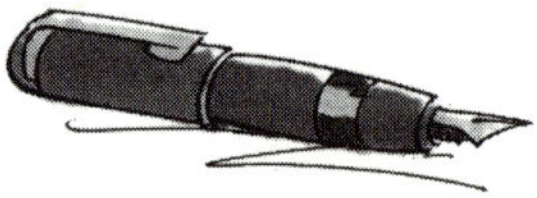

Lebenslauf – angelsächsische Form zu einer Bewerbung als Leiter Dekoration

Lebenslauf

Name:	Georg August Schäfer
Anschrift:	Rheinstraße 77 56068 Koblenz
Personalien:	27.05.19..Geboren in Bielefeld, verheiratet, 1 Kind
Derzeitige Position:	Leiter Dekoration (seit 01.07.19..; vorher Abteilungsleiter Deko-Konzeption) in Großunternehmen (Filialunternehmen im Textil-Einzelhandel) Betreute Verkaufseinheiten: 98
Hauptaufgaben:	Definition der verkaufsfördernden Maßnahmen Entscheidung über die Entwicklung von Deko-Konzepten Festlegung der Planung und Umsetzung verkaufsfördernder Maßnahmen, Kontrolle der Durchführung Verantwortung für das Deko-Budget (... TDM) Führung und Qualifizierung der Deko-Mitarbeiter (zentral: 18, dezentral 34) Kontakte zu Behörden, Verbänden und sonstigen Institutionen

Berufliche Entwicklung:	19..–19..	Abteilungsleiter Innendekoration in Filialunternehmen des Möbeleinzelhandels
	19..–19..	Einarbeiter, Substitut und Abteilungsleiter Assistent Dekoration in Kaufhausgruppe während dieser Zeit Wehrdienst (19..–19..)
	19..–19..	Ausbildung zum Schauwerbegestalter in Filialunternehmen für HAKA, DOB und Kiko
Schulbesuch:	19..–19..	Besuch der Berufsfachschule in Essen, Fachrichtung Dekoration und Werbung (berufsbegleitend), Qualifikation zum Deko-Fachwirt
	19..–19..	Städtische Berufsschule in Paderborn
	19. –19..	Hauptschule in Paderborn, Qualifizierender Hauptschulabschluß

Koblenz, 30.04.19.. Georg August Schäfer

Beruflicher Werdegang

Wenn Sie bereits einen längeren Berufsweg mit vielen Stationen hinter sich haben und auf die berufliche Seite Ihrer Entwicklung ausführlicher eingehen wollen, sollten Sie Ihren Lebenslauf durch einen „beruflichen Werdegang" ergänzen. Dadurch können Sie Ihren Lebenslauf kurz halten und Ihre beruflichen Fähigkeiten und Kenntnisse und Ihre Entwicklung deutlicher herausstellen. Den beruflichen Werdegang können Sie – wie den Lebenslauf – in Form eines Aufsatzes gestalten (selten), oder tabellarisch in zeitlicher oder sachlicher (fachlicher) Gliederung.
Die zeitliche Gliederung empfiehlt sich, wenn Sie Berufe und Tätigkeiten häufig gewechselt haben. Sie können dabei folgende Gliederungsmöglichkeiten wählen: die Angabe des ersten Tages eines jeden Zeitabschnitts, zum Beispiel:

01.09.19..	Beginn einer kaufmännischen Ausbildung bei der Sanitärgroßhandlung Mayer & Co
21.02.19..	Bestehen der Kaufmannsgehilfenprüfung vor der IHK Übernahme in ein Angestelltenverhältnis
01.01.19..	Wechsel zur Maschinenfabrik Klein & Becker in ...

oder die Angaben der Anfangs- und Endpunkte eines jeden Abschnitts, zum Beispiel:

01.09.19..–21.02.19..	Ausbildung zum Großhandelskaufmann bei der Sanitärgroßhandlung Mayer & Co
22.02.19..–31.12.19..	Tätigkeit als kaufmännischer Angestellter in der Expedition meiner Ausbildungsfirma
01.01.19..–heute	Tätigkeit als Verkaufssachbearbeiter bei der Maschinenfabrik Klein & Becker

Liegen Ihre Tätigkeiten und Stellungen im gleichen Berufszweig, so ist die sachliche (fachliche) Gliederung vorzuziehen. Dabei können Sie als Gliederungspunkte wählen: Ausbildung, Berufstätigkeit, (Wehrdienst), berufliche Entwicklung, berufliche Erfahrungen, Sprachkenntnisse, besondere Fähigkeiten und Kenntnisse, wichtige Weiterbildungsmaßnahmen.
Zur Berufsausbildung können Sie bereits den Besuch berufsvorbereitender Schulen, Fachschulen, Akademien, Fachhochschulen und Hochschulen zählen, vor allem natürlich die betrieblichen Ausbildungsverhältnisse wie Berufsausbildung (Lehre), Praktikum, Praktikantenzeit, Volontärzeit, Traineezeit und ähnliche Ausbildungsverhältnisse. Ebenfalls zur beruflichen Ausbildung zählen Auslandsaufenthalte mit Ausbildungscharakter, Teilnahme an beruflichen Fernkursen oder an längeren Weiterbildungsmaßnahmen. Fernkurse und sonstige Weiterbildungsmaßnahmen können Sie auch unter einem eigenen Punkt erwähnen. Da der Wehrdienst häufig die Berufstätigkeit unterbricht, kann es sinnvoll sein, ihn an entsprechender Stelle zwischen den beruflichen Stationen zu erwähnen.
Häufig empfiehlt es sich, auf besondere Fähigkeiten und Kenntnisse gesondert hinzuweisen, wenn diese bei der Aufzählung der beruflichen Tätigkeiten und Stationen nicht deutlich genug erkennbar werden.
Sprachkenntnisse können unter besonderen Kenntnissen aufgezählt werden. Wenn sie für die angestrebte Stellung von Bedeutung sind, sollte man sie jedoch durch einen eigenen Gliederungspunkt hervorheben.
Für manche Berufe spielt auch der Besitz von Führerscheinen eine Rolle. In solchen Fällen können Sie auch Ihre Führerscheine unter einem gesonderten Gliederungspunkt erwähnen.
Eine sachliche Gliederung können Sie zusätzlich durch eine zeitliche Gliederung ergänzen. Dies erhöht in vielen Fällen die Übersichtlichkeit der Aufzählung. Eine solche Gliederung könnte dann so aussehen:

Berufsausbildung:	
01.09.19..–01.07.19..	Ausbildung zum technischen Zeichner bei den Anker-Werken in ...
15.07.19..–10.06.19..	Besuch des Miller-Polytechnikums in ...
Berufstätigkeit:	
01.07.19..–31.12.19..	Konstrukteur bei Fleischmann & Co

Übersichtlicher wird die sachliche Gliederung noch, wenn Sie jeden einzelnen Abschnitt der beruflichen Tätigkeit oder jede einzelne Berufsstation nach einem bestimmten Schema weiter aufgliedern. Sie können zum Beispiel so weiter unterteilen:

Berufstätigkeit: Art der Tätigkeit
Hier könnte es heißen: Erstverkäufer, Kfz-Mechaniker, Finanzbuchhalter, Außendienstleiter

Hauptaufgaben
Im Falle eines Erstverkäufers könnte es heißen: Warenpräsentation, Kundenberatung und Verkauf, Disposition, Mitwirken beim Einkauf
Im Falle des Außendienstleiters zum Beispiel: Erstellen der Umsatzpläne, Aufstellen der Tourenpläne, Einsatz und Kontrolle der Außendienstmitarbeiter, Verhandeln mit wichtigen Kunden

Beruflicher Werdegang – zeitliche Gliederung zu einer Bewerbung als Abteilungsleiter Kundenbetreuung

Werner Schneider 15.05.19..
Moselstraße 29
71634 Ludwigshafen

Berufsausbildung:

19..–19.. Lehre als Groß- und Außenhandelskaufmann im Pharmabereich (Boehringer, Ingelheim)

Berufstätigkeit:

19..–19.. Kaufmännischer Angestellter in der Lehrfirma. Tätigkeit im Außendienst als Ärzte- und Apothekenberater (Pharmakaufmann)

19..–19.. Bundeswehr – Soldat auf Zeit Heeresoffiziersschule, Ausbildungsleiter einer Sporteinheit

19..–19.. Universität Mainz. Während eines Praktikums von der Firma Didier, Wiesbaden, als Korrespondent und Leiter der Auftragsabwicklung übernommen

19..–19.. Korrespondent, Auftragsabwicklung. Aufbau einer Marktforschungsabteilung

19..–19.. Studium an der Universität Frankfurt, Fachrichtung Betriebswirtschaft, Schwerpunkt Marketing, Marktforschung

19..–19..	Leiter einer dezentralen Kundenbetreuung eines Büromaschinenherstellers mit 16 bis 20 Mitarbeitern in Frankfurt. Aufgabengebiet: Selbständiger Aufbau und Leitung der dezentralen Service-Station. Einsatz der EDV-Mittel (Terminal über Standleitungen mit bis zu 20 Eingabe- und Kontrollfunktionen), Controlling der regionalen Leistungsträger, zum Beispiel Speditionen, Technischer Kundendienst, Versand, Service, Außendienst. Leistungsüberwachung, Auftragsabwicklung, Liefer- und Bestandsüberwachung, Beantwortung aller Kundenfragen, insbesondere Reklamationen; Ersatzteillager
19..	Handlungsvollmacht
19..	Beförderung zum Bereichsleiter, Prokura

Werner Schneider

Beruflicher Werdegang – zeitliche Gliederung zu einer Bewerbung als Assistent der Geschäftsleitung

Fritz Bergmann 21.01.19..
Bahnhofstraße 20
65343 Eltville
Telefon: 06123-1234

Beruflicher Werdegang:

15.07.19..	Beginn eines Praktikums als Führungsnachwuchskraft bei der Firma Horten in Mülheim; Ausbildungsabteilungen: Gardinen, Dekorationsstoffe, Orient-Teppiche, Bodenbeläge
30.09.19..	Beendigung des Praktikums mit erfolgreicher Abschlußprüfung
01.10.19..	Beförderung zum Substitutenanwärter, Versetzung nach Hannover, verantwortlich für die o.a. Abteilungen und für Bettwaren
01.01.19..	Beförderung zum Substitut
01.04.19..	Beförderung zum kommissarischen Abteilungsleiter mit Einkaufsberechtigung
01.07.19..	Beförderung zum Einkäufer und Abteilungsleiter, Versetzung nach Mainz, verantwortlich für o.a. Abteilungen; zusätzlich 18monatige kommissarische Leitung der Abteilungen: Kurzwaren, Modewaren, Handarbeiten, Schirme und Handschuhe
01.10.19..	Immatrikulation an der Fachhochschule in Darmstadt, vier Semester Betriebswirtschaftslehre
21.06.19..	Erwerb des Kaufmannsbriefes für den Einzelhandel als externer Teilnehmer, ohne jegliche Vorbereitung mit „genügend" bestanden; Ziel: ein abgeschlossenes Berufsbild

01.10.19..	Studienspezialisierung: Fachrichtung Marketing (den damaligen Gegebenheiten des Arbeitsmarktes Rechnung tragend, verzichtete ich auf das Examen und nahm das folgende Angebot an).
01.12.19..	Eintritt als leitender Angestellter in die Firma Kaufhaus Kant GmbH in Passau, für das Kaufhaus in Amberg, Mitglied der örtlichen Geschäftsleitung, u.a. verantwortlich für o.a. Abteilung und Bettwaren, Kleinmöbel, Haus-, Tisch-, Bett- und Frottierwäsche
01.01.19..	Eintritt in die Firma Richard Goldmann, Raumausstattung, in Regensburg, als nicht eingetragener Geschäftsführer
01.10.19..	Ohne Beschäftigung wegen Liquiditätsschwierigkeiten des vorherigen Arbeitgebers, hervorgerufen durch Auftragsmangel; die rückläufige Entwicklung der vergangenen Jahre wurde vom Inhaber bei der Einstellung verschwiegen.

Lichtbild

Wert und Aussagekraft des Lichtbilds sind sehr umstritten. Viele Personalleute behaupten, das Aussehen des Bewerbers spiele für ihre Entscheidung für oder gegen einen Kandidaten keine Rolle. Entscheidend sei die Qualifikation, die sich in den Bewerbungsunterlagen und im Vorstellungsgespräch zeige. Einige legen sogar das Bild zunächst zur Seite, um unbeeinflußt und ohne Vorurteile die übrigen Unterlagen zu prüfen. (Damit geben sie jedoch zu, daß ein Lichtbild durchaus beeinflussen kann.)

Anhand der Bewerbungsunterlagen versuchen die Personalleute, sich dann doch ein Bild von den Bewerbern zu machen. Sie setzen aus den einzelnen Informationen ein – mehr oder weniger vollständiges und zutreffendes – Bild zusammen. Das Lichtbild dient dann zumindest der Abrundung des Gesamtbildes.

Zunächst nimmt ein Betrachter den Gesichtsausdruck wahr (freundlich oder ernst, offen oder verschlossen usw.), und schon entsteht ein erster Eindruck und damit auch bereits eine erste Bewertung: angenehm – unangenehm, sympathisch – unsympathisch usw. Gleichzeitig bewertet er auch das Format und die Qualität des Fotos (Paßbild oder größer, schwarzweiß oder farbig, Automatenfoto oder Profifoto, Brustbild oder Ganzfoto).

Zusätzlich zu diesen, den ersten Eindruck prägenden, Beobachtungen ziehen viele Personalleute weitere Schlüsse. Sie versuchen, das „Niveau", den Geschmack, den Lebensstil und vielleicht sogar den Charakter des Bewerbers zu ergründen. Dabei achten sie auf die Frisur, die Kleidung, die Brille, den Schmuck, die Krawatte oder was sonst noch am Bewerber zu beobachten ist, und kommen wieder zu Urteilen wie: ordentlich – unordentlich, gepflegt – ungepflegt, konservativ – modern usw. Grundsätzlich haben „gut aussehende" Bewerber bei sonst gleicher Qualifikation größere Chancen als weniger gut aussehende. Intelligent wirkende Menschen (und dazu verhilft manche Brille) werden eher ausgewählt als weniger intelligent wirkende. Vor allem aber gewinnen freundlich drein-

blickende Menschen eher die Sympathie des Betrachters als solche mit ernstem oder gar griesgrämigem Gesichtsausdruck.
Aus diesen Überlegungen können Sie einige nützliche Schlüsse ziehen:

- Lassen Sie ein Brustbild anfertigen (nur in Ausnahmefällen, zum Beispiel wenn Sie sich als Mannequin oder als Schauspieler bewerben, kann ein Ganzfoto nützlich sein).
- Wählen Sie ein Format (Paßbild oder geringfügig größer; das Format 6 x 9 sollte die Obergrenze sein), das zur Bedeutung der ausgeschriebenen Stelle paßt. Wenn Sie Ihr Lichtbild auf dem Bewerbungsschreiben oder dem Lebenslauf anbringen, ist das Paßbildformat (5 x 7) zweckmäßig. Größerformatige Bilder sollten auf einem weißen Blatt befestigt werden.
- Ob farbig oder schwarzweiß ist Geschmacksache (schwarzweiß wirkt manchmal seriöser).
- Kleiden Sie sich so, wie es Ihrer Meinung nach zur angestrebten Position in der Firma paßt (Freizeitkleidung dürfte nur in wenigen Fällen passend sein; hingegen kann in manchen Berufen Berufskleidung zweckmäßig sein).
- Bringen Sie Ihre Frisur, Krawatte und sonstige Äußerlichkeiten in Ordnung (hier entstehen beim Betrachter bereits Vorurteile).
- Verwenden Sie aktuelle Fotos. Zweck eines Fotos ist auch der „Wiedererkennungseffekt". Ihre Gesprächspartner sollten Sie bei der Vorstellung sofort erkennen und beim späteren Durchsehen der Bewerbungsunterlagen wiedererkennen können).

Das Lichtbild können Sie in der rechten oberen Ecke des Bewerbungsschreibens plazieren oder auch in der rechten oberen Ecke des Lebenslaufs (besonders häufig) oder auf einem gesonderten Blatt (zweckmäßig). Schreiben Sie auf die Rückseite Ihres Lichtbilds Ihre Anschrift, damit Ihr Bild stets zu den richtigen Unterlagen einsortiert werden kann, falls es sich einmal ablösen sollte. Befestigen Sie Ihr Bild mit einigen Tupfen Alleskleber. Es sollte weder unablösbar noch allzu locker mit der Unterlage verbunden sein. Verwenden Sie keine Briefklammern, Tackerklammern oder Fotoecken.

Bedeutung von Zeugnissen bei der Bewerberauswahl

Bei der Auswahl von Bewerbern spielen Zeugnisse eine unterschiedliche Rolle. Manche Arbeitgeber nehmen Zeugnisse sehr ernst. Andere betrachten Zeugnisse mit gewissen Vorbehalten oder gesundem Mißtrauen. Unabhängig von ihrer Einschätzung des Aussagewertes verlangen die Stellenanbieter jedoch ausnahmslos von den Bewerbern die Vorlage von Zeugnissen.

Schulzeugnisse

Schul- und Hochschulzeugnisse spielen vor allem bei der Auswahl von Berufsanfängern eine erhebliche Rolle. Sie sind die einzigen schriftlichen Dokumente, mit denen die Bewerber einen Nachweis über ihre bisherigen Leistungen erbringen können. Schulzeugnisse sind für die meisten Menschen – wenn auch mit gewissen Vorbehalten – glaubhaft. Deshalb werden Bewerber mit guten Noten solchen mit durchschnittlichen oder gar schlechten vorgezogen. An Zeugnissen kann man zumindest die Bewährung der Bewerber in Schule oder Hochschule ablesen. Dabei zeigt sich, auf welchen Lern- und Wissensgebieten der Schüler Stärken oder Schwächen hatte. Auch die Einseitigkeit oder Vielseitigkeit der Begabungen und Interessen kann man bis zu einem gewissen Grad ablesen.

Allerdings nimmt die Bedeutung der Schulnoten als Auswahl- und Prognoseinstrument mit fortschreitendem Berufsleben ab. Solange aber keine anderen Auswahlmittel zur Verfügung stehen, muß sich der künftige Arbeitgeber weitgehend auf die Zeugnisse und seinen persönlichen Eindruck beim Vorstellungsgespräch verlassen (falls der Bewerber überhaupt so weit vordringt).

Arbeitszeugnisse

Arbeitszeugnisse spielen eine gewichtigere Rolle als Schulzeugnisse. Sie liefern nämlich Aussagen über die Art und Dauer der Tätigkeit und über die Leistungen und das Verhalten des Bewerbers. Wer jedoch häufig Arbeitszeugnisse auswerten (oder selbst schreiben) muß, begegnet ihnen mit einem gewissen Mißtrauen, denn es gibt erhebliche Qualitätsunterschiede bei den Schreibern und den Zeugnissen. In die Zeugnisse fließen die persönlichen Wertvorstellungen, Sympathien und Antipathien der Zeugnisschreiber ein. Mit manchen Zeugnissen sollen auch Mitarbeiter „weggelobt" werden, und manches Zeugnis wird im Zorn geschrieben, weil man einem Mitarbeiter übelnimmt, daß er das Unternehmen verläßt. Zudem gibt es eine „Zeugnissprache", die etwas anderes bedeutet, als der unbefangene Leser vermutet. Und schließlich hat sich durch die Rechtsprechung der Brauch entwickelt, Zeugnisse „mit verständigem Wohlwollen" zu formulieren, Wichtiges wegzulassen und Negatives zu umschreiben.

Legen Sie deshalb beim Ausscheiden aus einem Unternehmen großen Wert auf ein positives und aussagefähiges Zeugnis. Worauf Sie besonders achten sollten, erfahren Sie in FALKEN Ratgebern zum Thema „Arbeitszeugnisse".

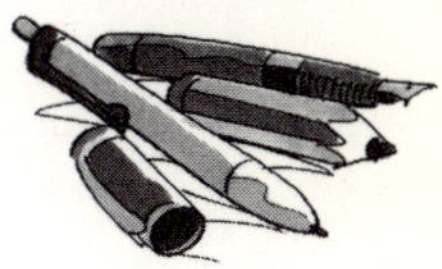

Register

Die Bewerbung
Bewerbungsbriefe – Lebenslauf – Vorstellungsgespräche
Von W. Manekeller – 264 S., geb., durchgehend zweifarbig.
ISBN: 3-8068-**4817**-3
Preis: DM 15,–; öS 110,–; sFr. 15.–

Manch eine Karriere dürfte diesem Buch zu verdanken sein, denn der Weg zum neuen Arbeitsplatz führt nun mal über die schriftliche Bewerbung.

Bewerbungsstrategien
Erfolgreiche Konzepte für Beruf und Karriere
Von W. Reichel – 128 S., kart.
ISBN: 3-8068-**1027**-3
Preis: DM 14,90; öS 110,–; sFr. 14.90

Die Bewerbung ist der erste und oft entscheidende Kontakt mit einem eventuellen Arbeitgeber. Maßgebend ist deshalb der erste Eindruck und die klare Präsentation von Zielen.

Assessment Center
Erfolgstips und Übungen für Bewerberinnen und Bewerber
Von H. Beitz, A. Loch – 160 S., kart.
ISBN: 3-8068-**1385**-X
Preis: DM 19,90; öS 148,–; sFr. 19.90

Assessment Center – anspruchsvolle Auswahlmethode bei Bewerbungsverfahren. Die Bewerber müssen sich in den unterschiedlichsten Situationen vor Beobachtern bewähren.

Lebenslauf und Bewerbung
Von H. Friedrich – 120 S., kart.
ISBN: 3-635-**60007**-5
Preis: DM ca. **9,90**; öS 73,–; sFr. 9.90

- Korrekte äußere Form und inhaltliche Gestaltung von Bewerbungsunterlagen
- Bedeutung des Lebenslaufs
- Unterschiedliche Möglichkeiten der Darstellung
- Mit Beispielen für Text und Gestaltung

Kursbuch Bewerbung
Von C. Harmsen – 350 S., geb.
ISBN: 3-8068-**4824**-6
Preis: ca. **DM 49,90**; öS 370,–; sFr. 49.–

Neben Standardthemen wie Bewerbungsschreiben und Vorstellungsgespräch befaßt sich dieses Buch mit aktuellen Themen wie z. B. „Handicaps" von Bewerbern, Initiativbewerbung, Bewerbung im Ausland und Verhalten in der Probezeit.

Vorstellungsgespräche
sicher und erfolgreich führen
Von H. Friedrich – 152 S., kart.
ISBN: 3-635-**60012**-1
Preis: DM ca. **12,90**; öS 95,–; sFr. 12.90

- Optimale Vorbereitung
- Erörterung der zu erwartenden Fragen
- Verhaltensweisen
- Verhandlungsstrategien

Der neue Briefsteller
Von I. Wolter-Rosendorf – ca. 136 S., kart.

ISBN: 3-635-**60002**-4

Preis: ca. **DM 10,90;** öS 80,–; sFr. 10.90

- Musterbriefe für jede Gelegenheit
- Briefaufbau und Gestaltung
- Erörterung von Stilfragen
- Zeichensetzung, Rechtschreibung

Der moderne Brief
Geschäfts- und Privatkorrespondenz empfängerorientiert schreiben
Von G. Reinert-Schneider – 112 S., kart., 44 Zeichnungen.

ISBN: 3-8068-**1440**-6

Preis: DM 14,80; öS 110,–; sFr. 14.90

Auf drei Dinge kommt es beim Briefeschreiben an: den eigenen Stil zu entdecken, diesen Stil konsequent zu fördern und dabei stets an den Adressaten zu denken...

Texte für den Anrufbeantworter
Von G. Kunz – 88 S., kart.

ISBN: 3-635-**60018**-0

Preis: ca. **DM 9,90**; öS 73,–; sFr. 9.90

- Sammlung zahlreicher Beispiele für Telefonansagen
- Beispiele für den privaten und geschäftlichen Bereich
- Ansagen mit Geräuschkulisse
- Informationen zu Technik, Anschluß und Wartung der Geräte

Bewährte Musterbriefe für alle Gelegenheiten
Hrsg. von O. Fuhrmann – 240 S., kart.

ISBN: 3-8068-**0231**-9

Preis: DM 16,90; öS 125,–; sFr. 16.90

Dieser Band enthält eine Fülle anschaulicher und zeitgemäßer Beispiele für die korrekte schriftliche Formulierung von Briefen aller Art.

Geschäftliche Briefe
Von G. Briese-Neumann – 128 S., kart.

ISBN: 3-635-**60001**-6

Preis: ca. **DM 10,90;** öS 80,–; sFr. 10.90

- DIN-Regeln zur Briefgestaltung
- Gliederung und Formulierung
- Mit Musterbriefen zu verschiedenen Anlässen
- Inkl. Sammlung frei kombinierbarer Textbausteine

FALKEN CheckUp
Testament und Erbschaft
Von P. J. Schneider, E. Götze, K. Hoffelner – 72 S., kart., 12 Farbf., 16 Zeichng., durchgehend vierfarbig.
ISBN: 3-8068-**1525**-9
Preis: DM 19,90; öS 148,–; sFr. 19.90

- Gesetzliche Erbfolge: Was Erblasser und Erben wissen müssen
- Testament: Wie Sie Streitigkeiten vermeiden
- Erbschaftsteuer: Wie Sie das Finanzamt „enterben"
- Todesfall: Was Hinterbliebene alles regeln müssen

Weitere Titel aus dieser Reihe:
1524-0 Recht für Mieter
1526-7 Kaufverträge
1565-8 Recht für Urlauber
1566-6 Stellensuche und Bewerbung
1527-5 Vorstellungsgespräche

Erziehungsgeld, Mutterschutz, Erziehungsurlaub
Von J. Grönert – ca. 192 S., kart., durchgehend zweifarbig.
ISBN: 3-635-**60014**-8
Preis: ca. **DM 19,90**; öS 148,–; sFr.19.90

- Der aktuelle Stand des Bundeserziehungsgesetzes sowie des Mutterschutzgesetzes
- Hilfen zur Beantragung von Erziehungsgeld und -urlaub
- Auswirkungen auf Wohngeld, Sozialhilfe, Rente etc.

Scheidung und Unterhalt
Von Th. Drewes – ca. 216 S., kart., durchgehend zweifarbig.
ISBN: 3-635-**60015**-6
Preis: ca. **DM 19,90**; öS 148,–; sFr. 19.90

- Güterrecht
- Versorgungs- und Zugewinnausgleich
- Sorgerecht gemeinsamer Kinder
- Scheidungsfolgen in den neuen Bundesländern
- Mit der aktuellen Unterhaltstabelle

Pflegeversicherung
Von K. Möcks, A. Schmitt – ca. 152 S., kart., durchgehend zweifarbig.
ISBN: 3-635-**60016**-4
Preis: ca. **DM 16,90**; öS 125,–; sFr. 16.90

- Die Stufen des Inkrafttretens
- Versicherungs- und Beitragspflicht
- Leistungsansprüche
- Mit Beispielen und praktischen Tips

FALKEN Rechtsberater
Hrsg. von S. von Hasseln – 720 S., geb.
ISBN: 3-8068-**4822**-X
Preis: DM 49,90; öS 370,–; sFr. 49.–

In allen Rechtsfragen des Alltags dient dieses Handbuch als gründliche Orientierungshilfe: aktuell, zuverlässig und allgemeinverständlich. Ein unverzichtbares Nachschlagewerk, ein umfassender Ratgeber für Mieter, Eheleute, Eltern, Erben, Patienten, Arbeitnehmer, Steuerzahler, Autofahrer.

Moderne Umgangsformen
Jeans oder Smoking?
Von I. Wolff – 256 S., 171 Farbfotos, geb., 87 Farbzeichnungen.
ISBN: 3-8068-**4540**-9
Preis: DM 39,90; öS 295,–; sFr. 39.90

„Die Wolff" gilt zu recht als unangefochtene Kapazität auf dem Gebiet des „guten Tons".

Abc der modernen Umgangsformen
Von I. Wolff –
222 S., geb., zahlreiche Abbildungen.
ISBN: 3-8068-**4754**-1
Preis: DM 29,90; öS 220,–; sFr. 29.90

Dieses Buch gibt in rund 400 Stichwortartikeln aktuelle Empfehlungen für sicheres und taktvolles Auftreten.

freundin – Der große Ratgeber
Body Fitness
Diät – Pflege – Bräune – Gymnastik – Anti-Cellulite-Programm
Von M. Bückmann, L. Großhans, C. Rieger, E. Bolz –
128 S., geb., durchgehend vierfarbig.
ISBN: 3-8068-**4758**-4
Preis: DM 39,90; öS 295,–; sFr. 39.90

Ein Buch zum Thema Fitneß, gesunde Ernährung und Schönheit. Ein Ratgeber speziell für Frauen zwischen 19 und 39 Jahren.

Krawatten
Fliegen und Tücher perfekt binden
Von M. Adam – 48 S., geb., durchg. vierfbg, 111 Farbf. und Zeichng.
ISBN: 3-8068-**1519**-4
Preis: DM 14,90; öS 110,–; sFr. 15.90

In diesem attraktiv illustrierten Buch werden einfache, klassische und ausgefallene Knoten für individuelle Krawatten, Fliegen und Schals gezeigt.

freundin – Der große Ratgeber
Farbberatung für die Wohnung
Farben – Formen – Licht – Strukturen
Von G. Watermann –
28 S., geb., 134 Farbfotos.
ISBN: 3-8068-**4743**-6
Preis: DM 49,90; öS 370,–; sFr. 49.90

Dieser Ratgeber zeigt, wie man durch die richtige Farbwahl mit Hilfe der Jahreszeitentypologie die Atmosphäre der Wohnung bewußt gestalten kann.

freundin – Der große Ratgeber
Die neue Farbberatung
Mode – Make-up – Haare – Muster – Materialien
Von G. Watermann, F. Zingel –
128 S., geb., 152 Farbfotos.
ISBN: 3-8068-**4782**-7
Preis: DM 39,90; öS 295,–; sFr. 39.90

Erst die typgerechte Farbwahl bringt die individuellen Nuancen unserer Persönlichkeit so richtig zur Geltung.

Die schönsten Vornamen
Hrsg. von D. Voorgang – 200 S., geb., über 100 Farbzeichnungen.
ISBN: 3-8068-**4755**-X
Preis: DM 19,90; öS 148,–; sFr. 19.90

Schön soll er sein und wohlklingend, etwas ausgefallen vielleicht, aber nicht zu exotisch – die Wahl des Vornamens will wohl bedacht sein.

Das Babybuch
Von A. Burkert –
96 S., kart., 98 Zeichnungen.
ISBN: 3-8068-**0531**-8
Preis: DM 12,90; öS 95,–; sFr. 12.90

Ein unentbehrlicher Ratgeber mit vielen Tips und praktischer Hilfe für die richtige Pflege, Ernährung und Gesunderhaltung des Kleinkindes.

Der große FALKEN Babykurs
Von K. Schutt – 352 S., geb.,
591 Farbfotos, 20 Farbzeichnungen.
ISBN: 3-8068-**4739**-8
Preis: DM 49,90; öS 370,–; sFr. 49.90

Der große FALKEN Babykurs bietet eine wohl einzigartig breite Themenpalette in hervorragender Darstellung auf aktuellstem Wissensstand. Ein unentbehrlicher Begleiter durch die ersten beiden Babyjahre.

Ich bekomme ein Baby
Von B. Nees-Delaval – 144 S., kart., zahlr. Abb., durchg. zweifarbig.
ISBN: 3-8068-**1254**-3
Preis: DM 19,90; öS 148,–; sFr. 19.90

Dieser moderne Ratgeber vermittelt alles Wissenswerte über Schwangerschaft, Geburt und die unmittelbare Zeit danach.

Babyfitneß
Von G. Zeiß –
112 S., kart., 179 farbige Illustrationen.
ISBN: 3-8068-**1034**-6
Preis: DM 19,90; öS 148,–; sFr. 19.90

Massage, Spiele, Gymnastik und Schwimmen zur Förderung der emotionalen, geistigen und körperlichen Gesundheit im ersten Lebensjahr.

Geburtsvorbereitung
Von G. Dürer, G. Zeiß – 134 S., kart., 95 Zeichnungen, zweifarbig.
ISBN: 3-8068-**1169**-5
Preis: DM 19,90; öS 148,–; sFr. 19.90

Der ideale Begleiter für die Zeit der Schwangerschaft! Gymnastik, Entspannungsübungen und Meditation bereiten Körper und Geist gemeinsam auf das große Ereignis vor.

DO IT YOURSELF
Dachgeschoß- und Innenausbau
Von M. Maurer – 96 S., kart.,
314 Farbfotos, 35 Zeichnungen.
ISBN: 3-8068-**1243**-8
Preis: DM 19,90; öS 148,–; sFr. 19.90

Platzmangel abbauen, indem man ungenutze Räume ausbaut – vom Keller bis zum Dach. Mit detaillierten Anleitungen zu Isolierung, Dämmung, Schallschutz und Belüftung.

DO IT YOURSELF
Sanitärinstallationen
Von W. Kawlath – 96 S., kart.,
158 Farbfotos, 56 Zeichnungen.
ISBN: 3-8068-**1118**-0
Preis: DM 19,90; öS 148,–; sFr. 19.90

Dieses Buch vermittelt dem geübten Heimwerker wie dem Einsteiger Fachkenntnisse und Techniken für Reparaturen und Neuinstallationen im gesamten Sanitärbereich.

DO IT YOURSELF
Möbel für Kinderzimmer und Wohnbereich
Von H.-W. Bastian – 80 S., kart.
ISBN: 3-8068-**1456**-2
Preis: DM 19,90; öS 148,–; sFr. 19.90

Geschirrtuchhalter, Spiegel, Kindersitzmöbel, Wickelkommoden und Wandschränke – all das läßt sich mit etwas handwerklichem Geschick problemlos herstellen.

DO IT YOURSELF
Heimwerken
Von Th. Pochert –
456 S., geb., über 1.100 Farbfotos.
ISBN: 3-8068-**4818**-1
Preis: DM 25,–; öS 185,–; sFr. 25.–

Fachwissen leicht verständlich aufbereitet – ein praktisches Heimwerkerhandbuch für Haus und Garten.

DO IT YOURSELF
Betonieren – Mauern – Fliesen
Von K. H. Schubert – 104 S., kart.,
ca. 150 Farbzeichng., zahlr. Tabellen.
ISBN: 3-8068-**1159**-8
Preis: DM 19,90: öS 148,–; sFr. 19.90

Eine wichtige Hilfe bei kostensparender Eigenleistung im Neubau oder bei Renovierungen: Ob Fundamentschalung, Grund- und Feinputz oder Verfugung – die Anleitungen lassen keine Fragen offen.

So macht man bessere Fotos
Von G. Koshofer – 144 S., kart.,
258 Farbfotos, 27 s/w-Fotos.
ISBN: 3-8068-**1158**-X
Preis: DM 19,90; öS 148,–; sFr. 19.90

Im Mittelpunkt stehen grundlegendes technisches Wissen und die Beherrschung wichtiger Gestaltungsregeln. Mit Informationen zur Anschaffung von Kamera und Zubehör.

Sport

Golf
Neue Wege zum erfolgreichen Spiel
Von O. Heuler – 144 S., geb.,
172 Farbfotos, 74 Farbzeichnungen.
ISBN: 3-8068-**4509**-3
Preis: DM 59,90; öS 440,–; sFr. 59.90

Dem Anfänger werden Elementarkenntnisse zu Technik und Taktik des Golfspiels vermittelt, der Fortgeschrittene erhält Ratschläge zur Weiterentwicklung und Festigung seines Spiels. Fotoserien vom Golfplatz helfen beim Erlernen der richtigen Spieltechnik.

Streetball
Technik, Taktik, Spiel
Von J. Benzler, T. Paganetti – 80 S., kart., 44 Fotos, 39 Zeichnungen, durchgehend vierfarbig.
ISBN: 3-8068-**1465**-1
Preis: DM 19,90; öS 148,–; sFr. 19.90

Streetball ist in! Die vereinfachte Variante des Basketballspiels erfreut sich unter Jugendlichen größter Beliebtheit. Kampagnen der Sportartikelindustrie und öffentlich ausgetragene Wettkämpfe sorgen für Aufsehen.

Fit forever
Körpergerechte Trainingsprogramme für Spaß und Wohlbefinden
Von M. Sauer, J. Schuhn – 112 S., kart., zahlr. Fotos, durchg. vierfarbig.
ISBN: 3-8068-**1602**-6
Preis: DM 19,90; öS 148,–; sFr. 19.90

Wirksame Übungen zur Verbesserung von Ausdauer, Kraft und Beweglichkeit nach aktuellsten Forschungsergebnissen aus der Sportmedizin. Ein Programm für einen schönen, straffen und gesunden Körper. Jeder kann ohne Risiko mittrainieren und sich „fit forever" halten.

Krafttraining
Von W. Kieser –
104 S. kart., mit Illustrationen
ISBN: 3-635-**60011**-3
Preis: DM 12,90; öS 95,–; sFr. 12.90

- Praxisnahe Trainingsplanung
- Abstimmung auf individuelle Bedürfnisse
- Möglichkeiten der Erfolgskontrolle
- Mit vielen anschaulichen Illustrationen

Gesund und fit durch Gymnastik
Hrsg. von U. Birkner – 88 S., kart.
ISBN: 3-8068-**1547**-X
Preis: DM 12,90; öS 95,–; sFr. 12.90

Das Buch enthält Gymnastikprogramme für Frauen, die fit, gesund und aktiv sein möchten. Sie finden über 100 präzise erläuterte und durch Fotos veranschaulichte Übungen, die nach Körperzonen geordnet sind.